Inhalt

Für

die Menschen, die mich in meinen Slam-Jahren begleitet, unterstützt, inspiriert und toleriert haben. Ins-
besondere meine Familie, Kathrin, Peter, Steffi, Alex,
Pauline, Katja, Annette, Martin & Tanja (Reihenfolge
nach erstmaligem Erscheinen in meinem Leben).

Ferner (in mehr oder weniger zufälliger Reihenfolge):

Ilke, Jennifer, Annika, Karolin, Lillie, Helena, Lisa, Lisa,
Anne, Ina, Miriam, Theresa, Dominique, Christian, Anni-
ka, Elin, Laura, Anna, Maria, Tina, Mareike, Mädchen im Zug,
anderes Mädchen im Zug, Mädchen im Publikum in Mainz,
Mädchen im Publikum in Marburg, Michelle, Mädchen im Pu-
blikum in Salzburg, Lena, Lea, Marie, Margarethe, Lina, Anne-Marie,
Sabrina, Sarah, Mädchen aus Statistik II, Franziska, Tabea, Isa, Lara,
Mädchen in der Mensa, Sara, Theresa, Lea, Tanja, Stefanie, Olivia, Steffi,
Anna, Carola, Katharina, Tini, Lea, Svenja, Anne, Lea, Anna, Anne, Ma-
ria, Ann-Kathrin, Antje, Katharina, Alessandra, Alexandra, Annette, Victoria,
Carolin, Jaqueline, Bettina, Sophie, Mädchen aus dem Rewe in Hamburg,
Annika, Mira, Viktoria, Johanna, Nora, Lara, Lara, Sarah, Katharina, Kim,
Anna, Franziska, Verena, Michele, Sabrina, Jana, Paula, Johanna, Sina, Jana,
Anna, Svenja, Lena, Lisa-Marie, Nina, Eva, Maren, Christina, Marie, Janina, Lena,
Jennifer, Lara, Elisa, Lena, Ariane, Ann-Kathrin, Annika, Julia, Maria, Judith, Sina,
Lisa, Hanna, Anna-Lena, Klara, Eva, Hannah, Maria, Isabell, Annika, Marie, Julia,
Sophie, Natascha, Carina, Lisa, Anne, Lea, Kerstin, Verena, Eva-Maria, Miriam, Ma-
lin, Annika, Anne, Nina, Anne, Kim, Franziska, Anne, Hanna, Marie, Luise, Simone,

Nachdem meine Exfreundin und ich uns getrennt haben — es war eine sehr einvernehmliche Trennung (ich habe mich sehr einvernehmlich von ihr getrennt) —, hat sie ihren Beziehungsstatus bei Facebook geändert zu »Nicht mehr in einer Beziehung«.

Die erste Person, die diesen veränderten Status mit »Gefällt mir« markiert hat, war ihre Mutter.

Und das ist nur das aktuellste Kapitel aus meiner Reihe »Traurige Liebesgeschichten aus meinem Leben«.

Looking for Freedom

»Ey Alter, du musst unbedingt auf andere Gedanken kommen, komm mit aufs Festival nächste Woche, das wird geil, Sternenhimmel, saufen, ficken und in die Büsche kacken und so!«

Sagt Lisa.

Ein Satz, der nicht so recht passen will zu dem zierlichen, blonden Mädchen mit der zarten Stimme, das mir gegenübersitzt und kaum das allgemeine Gemurmel in der Mensa übertönen kann.

Ich zögere. Meine Schildkröte ist vor kurzem verstorben und »andere Gedanken« ist wirklich ein guter Gedanke. Andererseits erinnert mich Sternenhimmel immer an meine Schildkröte und außerdem weiß ich auch nicht, ob Lisa bloß nett sein will, oder ob sie es wirklich ernst meint.

»Ich mein's wirklich ernst«, sagt sie. »Tim ist abgesprungen, wir haben noch 'ne dritte Karte übrig, und nur zu zweit mit meinem *Freund* hinzufahren hab ich auch keinen Bock.«

Sie sagt immer »mein *Freund*«, wenn sie über ihn spricht, auch wenn er, wie jetzt gerade auch, direkt neben ihr sitzt. Tatsächlich kennt niemand in unserem Freundeskreis seinen Namen, weil Lisa ihn von Anfang an nur als »mein *Freund*« vorgestellt hat und irgendwann keiner mehr nachfragen wollte. Also nennen wir ihn auch einfach nur »Lisas *Freund*«, was nebenbei bemerkt auch seine herausstechendste Eigenschaft ist.

»Komm schon«, sagt Lisa, »allein daheimsitzen und trauern macht deine Schildkröte auch nicht wieder lebendig!«

Festival, Donnerstagabend

»Das ist Ruben, er will meinen Körper bemalen, Bodypainting und so!« Lisa steht neben einem breitschultrigen, braungebrannten Recken und grinst. Er trägt Gummistiefel. Auf dem linken steht in Edding-Handschrift »links«, auf dem rechten »rechts«.

»Hallo«, sagt er.

»Hallo«, sage ich.

»Hallo«, sagt Lisas *Freund*, dann verschwinden Lisa und der Bodypainter im Zelt.

»Will der sie jetzt im Zelt bemalen?«, frage ich. Lisas *Freund* raucht, starrt in den Sternenhimmel und sagt nichts. Überhaupt ist er ziemlich still geworden, seit Lisa auf der Hinfahrt beschlossen hat, für die Dauer des Festivals eine offene Beziehung zu führen.

Ich rauche und starre in den Sternenhimmel, der mich an meine verstorbene Schildkröte erinnert. Ich hatte ihr – vergebens – versucht beizubringen, mir morgens Kaffee zu kochen und ans Bett zu bringen.

Unsere Zeltnachbarn nennen sich »Die Metalfranken« und sind hier irgendwie ganz falsch. Sie haben einen Baum gefällt, den Stamm aufgerichtet und ein hämisch grinsendes Antlitz von David Hasselhoff hineingeschnitzt. Aus ihrem Auto tönt »Looking for Freedom« auf repeat.

Freitagabend

»Das ist Claas, er hat auf einem Klappstuhl vor den Dixi-Klos gesessen und 'ne Zehn hochgehalten, als ich rausgekommen bin!« Lisa grinst. Claas trägt auch Gummistiefel. Auf dem linken steht in Edding-Handschrift »rechts«, auf dem rechten »links«.

»Hallo«, sagt er.

»Hallo«, sage ich.

»Hallo«, sagt Lisas *Freund*, dann verschwinden Lisa und der Dixi-Juror im Zelt.

»Will der sie jetzt im Zelt bewerten?«, frage ich. Lisas *Freund* raucht, starrt in den Sternenhimmel und sagt nichts. Ich muss wieder an meine verstorbene Schildkröte denken, die es tatsächlich fast gelernt hatte, mir morgens Kaffee zu kochen und ans Bett zu bringen. Hätte ich ihr doch bloß noch ein bisschen mehr Zeit gegeben.

Der David-Hasselhoff-Totempfahl der »Metalfranken« grinst noch hämischer als gestern in unsere

Richtung und aus ihrem Auto lärmt »Looking for Freedom« auf repeat.

Samstagabend

»Das ist Helene, sie kann gleichzeitig gähnen und rülpsen!« Lisa grinst, das Mädchen neben ihr gähnt und rülpst. Sie trägt einen Gummistiefel, auf dem »Flip-Flop« steht und einen Flip-Flop, mit dem sie auf dem Boden steht.

»Hallo«, sagt sie.

»Hallo«, sagt Lisas *Freund*.

»Huh«, sage ich, dann verschwinden Lisa und das rülpsende Mädchen im Zelt.

Lisas *Freund* raucht, starrt in den Sternenhimmel und sagt nichts. Ich muss schon wieder an meine verstorbene Schildkröte denken, die es streng genommen sogar gelernt hatte, mir morgens Kaffee zu kochen und ans Bett zu bringen – wenn man diese Plörre denn Kaffee nennen konnte.

Die »Metalfranken« tanzen nackt um den David-Hasselhoff-Totempfahl und schwenken Gießkannen. Aus ihrem Auto dröhnt »Looking for Freedom« auf repeat.

Sonntagabend

»Das ist Helga, sie ist nett«, sagt Lisas *Freund* lächelnd. Das Mädchen neben ihm lächelt auch. Sie trägt keine Schuhe. Auf ihren Füßen steht »Fest auf dem Boden«.

»Hallo«, sagt sie.

»Hallo«, sage ich.

»Hallo«, sagt Lisa, dann verschwinden Lisas *Freund* und das nette Mädchen im Zelt.

Lisa raucht, starrt in den bewölkten Himmel und sagt: »Ich glaub, ich mach Schluss.«

Bier, Schweiß und Urin streiten sich um die olfaktorische Vorherrschaft über den Zeltplatz. Die »Metalfranken« haben den David-Hasselhoff-Totempfahl gefällt und zerhackt und seine Gesichtszüge weiträumig über das Gelände verteilt. Aus ihrem Auto tönen Versuche, es anspringen zu lassen. Auf repeat.

Ich denke mir: ›Gut, dass man heute keine Sterne sehen kann, sonst müsste ich wieder an meine verstorbene Schildkröte denken‹ und muss wieder an meine verstorbene Schildkröte denken. Seit ich vor vier Wochen morgens einen Wutanfall wegen des schlechten Kaffees hatte, an dessen Verlauf ich so mich nicht genau erinnern kann, ist sie verschwunden. Kurze Zeit später brachte mir der kleine Junge vom Asiarestaurant nebenan einen ausgehöhlten Schildkrötenpanzer vorbei und das Restaurant hatte »nur für kurze Zeit: nichtvegetarische Überraschungssuppe« auf der Karte. Der Panzer war mit sternförmigen Löchern und einer Glühbirne im Innern versehen und projiziert nachts einen Sternenhimmel an die Zimmerdecke. Seitdem schlafe ich wie ein Baby, aber was habe ich schon davon, meine Schildkröte macht das auch nicht wieder lebendig.

Der Sinn des Lebens

Gestern habe ich ein sehr langes Gespräch mit meiner Freundin geführt. Ich habe ihr ganz genau zugehört, denn so macht man das ja in solchen Situationen, und gleichzeitig an etwas ganz anderes gedacht.

Ich erinnere mich nicht mehr genau an den Inhalt des Gesprächs, ziemlich am Anfang ist mir aber der Sinn des Lebens eingefallen. Das hatte mich gefreut, aber ich war auch ein wenig traurig und enttäuscht gewesen, denn so spektakulär ist der Sinn des Lebens nicht, hat weder etwas mit »Liebe« zu tun noch mit »42«.

Das Ganze lief ungefähr so:

Sie: »Wir müssen reden.«

Ich: »   «

Sie: »Weißt du, das mit uns ...«

Ungefähr an dieser Stelle dachte ich mir, der Sinn des Lebens kann eigentlich nur die Suche nach dem Sinn des Lebens sein, alles andere macht keinen Sinn. Aber wenn der Sinn des Lebens die Suche nach dem Sinn des Lebens ist, gibt es ja eigentlich keinen richtigen Sinn des Lebens. Also, wenn man weiterdenkt und dabei ignoriert, dass es einen Sinn gibt, nämlich die Suche nach dem Sinn. Aber wenn man einmal herausgefunden hat, dass der Sinn des Lebens die Suche nach dem Sinn des Lebens ist, ist man in einer Sackgasse gelandet. Der Sinn ist: Weitersuchen nach dem Sinn. Aber wenn man ihn doch schon kennt, wozu dann weitersuchen und dann kann man den Sinn des Lebens nicht mehr leben und wozu dann überhaupt leben und »wozu dann überhaupt leben« ist ja wieder die Frage nach dem Sinn, nur anders formuliert.

Meine Freundin sagte gerade: »Ich weiß gar nicht, ob ich dich überhaupt noch liebe!«

Ich reagierte spontan: »Ich dich auch, Schatz!«, und überlegte, ob ich den tatsächlichen Sinn des Lebens der Öffentlichkeit offenbaren sollte. Da hängt ja einiges an Verantwortung dran, wenn man den Sinn des Lebens herausfindet. Das würde zwar sicher viele, die sich lange mit der Frage auseinandergesetzt haben, freuen, denn dass der Sinn des Lebens die Suche nach dem Sinn des Lebens ist, bedeutet ja, dass sie ihn schon lange leben. Aber viele würden sich bestimmt auch ärgern und traurig sein. Das ist sicher enttäuschend, wenn man sein Leben lang sucht und dann ist das *so was*, dann hat man sein ganzes Leben für *so was* gelebt, sonderlich erfüllend ist das ja nicht.

Meine Freundin schluchzte und sagte: »Manchmal fühle ich mich gar nicht von dir beachtet, wenn ich Probleme habe. Hörst du mir überhaupt zu?«

Wenn man enttäuscht ist vom Sinn des Lebens, könnte man höchstens versuchen zu vergessen, dass man den Sinn des Lebens gefunden hat, und weitersuchen, sich dann aber nicht darüber freuen, dass man den Sinn des Lebens lebt, weil man es ja nicht weiß. Oder man könnte sich einreden, dass der Sinn des Lebens ein anderer sein muss, und weitersuchen nach diesem anderen Sinn und sich denken: ›Juhu, jetzt lebe ich den Sinn des Lebens, ich bin so schlau und habe sie alle ausgetrickst‹, wäre aber gar nicht so schlau, weil man ja nicht nach dem richtigen, sondern nach dem falschen Sinn des Lebens sucht und das auch noch weiß, und das kann ja nun wirklich nicht der Sinn des Lebens sein, nach dem falschen Sinn des Lebens zu suchen.

»Maximilian ist immer für mich da, er hört mir wenigstens zu, wenn es mir schlecht geht«, schrie meine Freundin mehr als dass sie es sagte. »Bei dir rechne ich schon gar nicht mehr damit, auf Verständnis zu stoßen!«

Nach meinem *Verständnis* der Mathematik könnte man natürlich auch *rechnerisch* versuchen, den Sinn des Lebens zu lösen, da hatte sie mich auf eine gute Idee gebracht. Der Sinn des Lebens ist ein mathematisches Problem, da muss man kein Mathematiker sein, um das zu sehen, aber um es zu lösen, bringt es wahrscheinlich nicht einmal etwas, wenn man Mathematiker ist. Um es zu lösen, müsste man blöd sein.

Und Mathematiker sind ja nicht blöd, zumindest die Mathematiker, die ich kenne. Der beste Freund meiner Freundin zum Beispiel, Maximilian, der ist nicht blöd, der ist auch Mathematiker.

Blöd müsste man sein, denn der Sinn des Lebens ist die Suche nach dem Sinn des Lebens, welcher die Suche nach dem Sinn des Lebens ist, welcher die Suche nach dem Sinn des Lebens ist, welcher die Suche nach dem Sinn des Lebens ist, welcher die Suche nach dem Sinn des Lebens ist, welcher die Suche nach dem Sinn des Lebens ist, welcher die Suche nach dem Sinn des Lebens ist, welcher die Suche nach dem Sinn des Lebens ist, welcher die Suche nach dem Sinn des Lebens ist, welcher die Suche nach dem Sinn des Lebens ist, welcher die Suche nach dem Sinn des Lebens ist, welcher die Suche nach dem Sinn des Lebens ist, welcher die Suche nach dem Sinn des Lebens ist, welcher die Suche nach dem Sinn des Lebens ist, welcher die Suche nach dem Sinn des Lebens ist, welcher – und spätestens hier würde ja jeder Nichtblöde aufgeben, das macht ja keinen Sinn, da endlos weiterzusuchen, da weiß man ja schon ganz am Anfang, wo das hinführt.

Mit einem lauten Klirren zersprang die Kaffeetasse, die meine Freundin eben noch in der Hand gehalten hatte, an der Wand und das schwarze Nass bahnte sich seinen Weg über die Raufaser nach unten. Sie sah ganz verheult aus. Ich fragte mich, warum und wie das so schnell gegangen war, und dachte mir, dass es wirklich enttäuschend ist, dass wir alle nur hier sind, um herauszufinden, warum wir eigentlich hier sind. Wer denkt sich so was aus? »Die Suche ist der Sinn«, das ist wie »Der Weg ist das Ziel«, den

Satz fand ich auch schon immer bescheuert, »Totaler Quatsch – das Ziel ist das Ziel«, sagt Peter und Peter ist ein kluger Mensch. Lässt sich aber leider auch nicht auf die Sinnproblematik übertragen: »Der Sinn ist der Sinn« stimmt zwar, bringt einen aber auch nicht weiter.

Als ich heute Morgen auf dem Sofa aufwachte – ich war wohl beim Grübeln über den Sinn des Lebens eingeschlafen –, war der Laptop meiner Freundin irgendwie weg, die Hälfte des CD-Regals leer und die Hälfte der Klamotten aus dem Kleiderschrank auch irgendwie verschwunden.

Meine Sachen waren zum Glück alle noch da.

Ich machte mir Sorgen, wie meine Freundin wohl verkraften würde, dass all ihre Sachen weg sind, und dachte mir, vielleicht ist der Sinn des Lebens ja doch ein anderer und hat doch irgendwas mit »Liebe« zu tun.

Marburg–Marburg, ein Railtrip

Elin ist ein schöner Name, ich glaube, so nenne ich meine nächste Freundin

Bin neulich mal Bahn gefahren. Ich mag Bahnfahren. Habe mich in Marburg in den Zug gesetzt und mich auf den Weg nach Marburg gemacht, über Heidelberg und Göttingen. Muss mein Semesterticket ja ausnutzen, solange ich es noch habe, länger als vier oder fünf Semester werde ich für meine Diplomarbeit wohl nicht mehr brauchen.[1]

Habe mir vorgenommen, die Fahrtzeit zum Stricken zu nutzen. Habe nämlich wieder angefangen, zu stricken. Am liebsten setze ich mich mit meinem Strickzeug an die Lahn, zusammen mit meinen auch strickenden Hiwi-Kolleginnen Ajam und Ekuarf (aus Datenschutzgründen habe ich bei ihren Namen die Buchstabenreihenfolge umgekehrt).

Habe beim letzten WG-Treffen mal von meinen Strick-Aktionen erzählt. Mein Mitbewohner Slin hat mich dann in seinem flämischen Akzent gefragt, wie schwul das denn sei. Er stickt lieber. Stricken und Sti-

---

[1]   Dieser Text ist übrigens vier oder fünf Semester vor Abgabe meiner Diplomarbeit entstanden.

cken ist so was wie Dortmund und Schalke, Palästina und Israel oder Marburg und Gießen. Mein guter Freund und Lesebühnenkollege Nitram hat gleich ein neues Verb für »Mit Hiwi-Kolleginnen an der Lahn stricken« erfunden: »Ruppern«. Meine andere Mitbewohnerin Anna hat mich nur missbilligend angeschaut und gesagt, das sei doch nur eine Masche, um Frauen aufzureißen. Habe dann gelacht, weil »Masche«. Witzig.

Früher habe ich schon mal einen Schal gestrickt. Für meine damalige Freundin. Habe es damals extra für sie gelernt. Mein bester Freund hatte dann gesagt, da würde er seiner Freundin noch eher eine Skulptur aus Popeln basteln. Hat er dann auch gemacht, hat ihr, glaube ich, nicht so gut gefallen. Sie ist aber noch seine Freundin. Mein Schal ist ganz gut angekommen. Dafür ist meine damalige Freundin heute meine *damalige* Freundin. Habe beschlossen, nicht weiter über mögliche Zusammenhänge nachzudenken.

Weil neulich weder Ajam noch Ekuarf Zeit zum Ruppern hatten, habe ich mich dann jedenfalls in den Zug gesetzt, von Marburg nach Marburg über Heidelberg und Göttingen, um dort zu stricken. Habe nur blöderweise das Strickzeug vergessen. Zufälligerweise saß in meinem Abteil aber eine junge Frau, die ich sonst wohl nie bemerkt hätte und die ich, auch wenn ich den Begriff vielleicht ein bisschen inflationär gebrauche, als die schönste Frau der Welt beschreiben würde. Hat nur in diesem Fall tatsächlich gestimmt. Und sie hat auch noch so ausgesehen, als würde sie stricken. Also nicht in diesem Moment, aber vielleicht zu Hause bei Hörbuch und Melonenbrause oder Regenplätschern und Weißwein oder so, und bestimmt hätte sie Strickzeug in ihrer großen, bunten Stofftasche.

Ich habe sie also eine Weile angestarrt und die Beziehung geplant, die ich mit ihr haben würde. Wie ich zu ihr gehen und sagen würde: »Hallo, ich bin Marvin. Ich stricke.« Und ganz nebenbei würde ich damit sagen: »Hallo, ich bin Marvin, ich bin kreativ und bodenständig, handwerklich begabt und fingerfertig, kein Macho-Arsch und selbstbewusst genug, auch meine feminine Seite mal zu zeigen, und manchmal versuche ich heimlich, Gedichte zu schreiben.« Und dann würde sie süß lächeln, aus ihren herabbaumelnden Ohrenstöpseln würden Deftones klingen oder Tool, und sie würde sagen: »Hallo, ich bin Elin, ich stricke auch.« Und dann würden wir uns über Wolle und Nadeln, Maschen und Muster unterhalten, Lieblingsgetränke, Lieblingsbücher, darüber, dass Regen eigentlich ganz schön cool ist, sie würde mir sagen, dass sie früher die Turtles toll fand, aber nicht die Zeichentrickserie aus den 90ern, sondern die Mirage-Comics aus den 80ern, und ich würde ihr von meiner Special Deluxe Edition der ersten Ausgabe erzählen, und wir würden uns treffen und kochen und Pesto selbermachen, und sie würde über meine schlechten

Wortspiele lachen (»Manchmal esse ich nur, um was im Marvin zu haben«), und dann würden wir uns einen Balkon stricken und Sterne gucken und Sternbilder erfinden und dann – noch bevor ich aufstehen und tatsächlich zu ihr gehen konnte, kam eine Zugdurchsage und die Frau, die vielleicht oder auch nicht Elin hieß, stand auf: »Nächster Halt: Gießen.« Womit das mit der Beziehung dann auch erledigt war. Hatte sie mehr als Offenbacherin eingeschätzt, das wäre noch okay gewesen.

Wahrscheinlich war es auch besser so für sie. Ajam hat neulich beim Ruppern an der Lahn mal festgestellt, dass ich eine Naturkatastrophe sei, wenn auch eine sehr langsame, und in den Herzen von Frauen nur verbrannte Erde und Chaos hinterlassen würde. Habe sie dann gefragt, ob sie mir sagen wollte, dass sie mich heiß findet, weil das ja mit der verbrannten Erde sonst nicht ginge. Ihre Antwort: »Na ja, sagen wir mal so: Nein.«

In Frankfurt bin ich dann erst mal ausgestiegen, obwohl der Zug noch bis Heidelberg weitergefahren wäre, weil so ganz ohne Strickzeug ist Zugfahren ja doch irgendwie langweilig, habe mir Wolle und Nadeln gekauft, um mir halt alleine einen Balkon zu stricken, und bin dann wieder nach Marburg gefahren. Marburg ist toll und da gibt es viele schönste Frauen der Welt und die würde ich entweder schon kennen, oder würde mich halt einfach vorstellen mit so was wie: »Hallo, ich bin Marvin.« Und ganz nebenbei würde ich damit sagen: »Hallo, ich bin Marvin.« Und das muss ja auch reichen.

Der Witz

Eine Geschichte, in der ein sehr guter Witz vorkommt

Ich sitze allein auf dem Sofa in meiner Wohnung, links von mir eine halb leere Tüte Chips, rechts ein Teller mit angetrockneten Resten vom aufgewärmten Mittagessen. In meinen Händen ruht der schwere Playstation-Controller, auf dem Bildschirm läuft ein schwer bewaffneter Zukunftssoldat in Richtungen, die ich vorgebe.

Elin, meine Freundin, betritt die Wohnung. Ich nicke ihr zu, den Blick nur kurz vom Bildschirm lösend. Früher, als wir noch frisch verliebt waren, konnten wir uns am Telefon stundenlang anschweigen, und es war gut so. Inzwischen wohnen wir zusammen und müssen nicht mehr telefonieren, um uns anzuschweigen. Und es ist gut so. Elin macht das Licht an. Ich blinzle, der Controller vibriert und der Bildschirm verfärbt sich rot.

»Hey Schatz«, sagt sie.

»Mh«, sage ich.

»Ich hab das Referatsthema bekommen«, sagt sie.

»Mh«, sage ich.

»»Behaviorismus, angewandte Lerntheorie und pädagogische Verhaltensmodifikation‹. Endlich mal was Praktisches, ich freu ich mich voll drauf!«, sagt sie.

»Mh«, sage ich. Und mir fällt dieser Witz wieder ein, der irgendwie so gut dazu passt. Vielleicht erzähle ich ihr den mal irgendwann.

»Wenn man da einmal drin ist, also mit den Lerntheorien, ist das so richtig faszinierend, das geht mit den einfachsten Dingen los«, sagt sie. Ich stelle den Fernseher aus, sie redet von operantem Konditionieren und wie simpel und genial das eigentlich mit dem klassischen Konditionieren ist. Mit dem Hund, der irgendwann sabbert, wenn er nur eine Glocke hört, weil er sonst immer Futter bekommt, wenn die Glocke klingelt. ›Da sieht man mal, wie dämlich Hunde eigentlich sind‹, denke ich mir.

»Räumst du die Chipstüte und den Teller noch weg?«, fragt sie.

»Mh«, sage ich. Obwohl sie mich nicht sonderlich stören, räume ich Chipstüte und Teller weg, während Elin zum Computer geht und Musik anstellt. Beethovens Neunte.

Ich setze mich wieder aufs Sofa. Elin setzt sich auf mich und beginnt, meinen Hals zu küssen. Das hat sie lange nicht gemacht. Ich bemerke, wie meine Hose langsam beengender wird.

Am nächsten Nachmittag sitzen wir gemeinsam am Ufercafé an der Lahn. Wir machen das gelegentlich und gerne und tun dann, was wir am besten können: Uns anschweigen, und es ist gut so. Vor mir steht mein schwarzer Kaffee und ich schweige. Elin raucht, trinkt Latte Macchiato und schweigt ... nicht. Sie erzählt von positiver und negativer Verstärkung und Bestrafung und der Relevanz von Latenz und Kontingenz zur langfristigen Formung von Verhalten. Das ging schon los, nachdem wir angekommen waren und ich – auf ihre Bitte hin – ihr Getränk geholt hatte, mit extra viel Kakaopulver und einem Extrapäckchen Zucker, wie sie es am liebsten mag. Sie hatte mir dann einen Kuss gegeben, meinen Nacken gekrault und gesagt: »Belohnung ist am effektivsten, wenn die positive Konsequenz unmittelbar erfolgt.«

»Mh«, hatte ich gesagt.

Ihr Geplapper über diesen Verhaltensmodifikations-Schwachsinn versetzt mich in einen tranceähnlichen Zustand. Mir fällt ein, dass ich ihr noch diesen großartigen Witz erzählen wollte. Ich lasse den Blick und die Gedanken schweifen. Entlang der Uferpromenade flanieren Frauen mit in Präsentierkörbchen gepressten Brüsten und ich versinke in Untiefen von Ausschnitten. Elin versenkt ihren Zigarettenstummel in meinem Kaffee.

»Bestrafung ist am effektivsten, wenn die negative Konsequenz unmittelbar erfolgt«, sagt sie.

»Mh«, sage ich.

Am Abend sitze ich wieder allein auf dem Sofa. Links von mir die Chipstüte, fast leer, rechts ein Teller mit angetrockneten Resten vom Mittagessen. Als ich den Schlüssel in der Tür höre, räume ich die Chipstüte weg, sodass Elin es beim Hereinkommen gerade noch sieht.

»Ich hab im Internet ein Video von dem sabbernden Hund aus dem Experiment gefunden, ich glaube das Referat wird echt gut!«, plappert sie sofort los.

»Mh«, sage ich. Und überlege, ob ich ihr jetzt diesen großartigen Witz, der irgendwie so gut dazu passt, endlich mal erzählen soll. Sie geht zum Computer und stellt Beethovens Neunte an. Ich räume noch schnell den Teller in die Küche. Als ich zu den Orchesterklängen zurück ins Wohnzimmer gehe, sehe ich die Klamotten, die Elin eben noch getragen hat, auf dem Boden liegen und bemerke, wie meine Hose langsam beengender wird.

Am nächsten Tag sitzen wir wieder am Ufercafé. Ich habe Elin ungefragt einen Latte Macchiato gebracht, mit extra viel Kakaopulver und einem Extrapäckchen Zucker, wie sie es am liebsten mag, und dafür wieder einen Kuss und Nackenkraulen bekommen. Jetzt redet sie über Belohnungspläne, Verhaltensformung und Verhaltensketten, und ich sitze da, mit meinem schwarzen Kaffee in der Hand, und mein Blick gleitet über die Weite der Lahn, statt in engen Ausschnitten zu versinken. Elin bemerkt das und krault meinen Nacken. Das tut gut.

Am Abend sitze ich allein auf dem Sofa im aufgeräumten Zimmer, keine Chipstüte und kein Teller um mich herum.

Bevor ich Elin, die gerade hereinkommt, zu Wort kommen lasse und sie wieder von dem blöden Hund erzählt, der sabbert, wenn er eine Glocke hört, fange ich an, den großartigen Witz zu erzählen, der irgendwie so gut dazu passt, und der in den letzten Tagen mein Lieblingswitz geworden ist:

»Kommen ein Behaviorist, ein Neobehaviorist und ein Kognitivist in eine Kneipe. Da fragt der Barkeeper: ›Soll das ein Witz sein?‹«

Ich lache.

Elin sagt: »Mh.« Dann geht sie zum Laptop und stellt Beethovens Neunte an. Ich bemerke, wie meine Hose langsam beengender wird und ich anfange, zu sabbern.

Liebe ist ...

Mein Herz schlug bis zum Hals und die Schmetterlinge in meinem Bauch schienen sich durch meine Bauchdecke nach außen fressen zu wollen, als sich ihre Lippen den meinen, als wir uns unaufhaltsam unserem ersten Kuss näherten. Unserem ersten Kuss, der unsere Beziehung auf eine neue Ebene heben würde.

Ich blickte in ihre blauen Augen, sie in meine blau-grüngrauen. Außer ihr und mir waren noch Lena, Christian, Christoph, Julia, der eine Robert, der andere Robert, Thomas, Andi, Christina und Anne im Raum. Die leere Cola-Flasche auf dem Boden, um die wir alle im Kreis saßen, zeigte mit dem Deckel genau auf sie, meine Angebetete, Laura, die sich mit gespitzten Lippen nach vorn, in meine Richtung beugte.

Nach der schmerzhaften Trennung von meiner Exfreundin – wir waren nach dem Kindergarten getrennte Wege gegangen – war es für mich am Anfang nicht leicht gewesen. Ich war, wie so häufig, völlig überstürzt in die Beziehung mit Laura hineingestolpert:

Nachdem der eine Robert in der großen Pause am letzten Schultag vor den Herbstferien kurzerhand Julia, das schönste Mädchen der Klasse, zu seiner Freundin erklärt hatte, musste ich schnell reagieren und hatte spontan Laura, die Nummer zwei, zu meiner erklärt. Das Leben war hart an der Gebrüder-Grimm-Grundschule, wer in der zweiten Klasse keine Freundin hatte, war schnell unten durch und ich hatte doch noch große Pläne.

Zu meiner eigenen Überraschung hatte sich schnell mehr aus dieser Zweckbeziehung und ich Gefühle für Laura entwickelt.

Ich verlor mich in ihren Sommersprossen, die gerade im schummrigen Licht des Jugendherbergszimmers besonders hervortraten, und dachte an die ersten Tage unserer Beziehung zurück.

Um »meine Nummer zwei«, wie ich sie liebevoll nannte, wissen zu lassen, dass sie nun meine Freundin war, hatte ich Liebesbriefe in ihrem Schulranzen versteckt. Intelligente Liebesbriefe, so hatte ich ihr mit meinem ersten (»Willst du mit mir gehen? – *a:* Ja, ab sofort; *b:* Ja, ab morgen«) nur die Illusion einer Wahl gelassen. Irritierenderweise hatte sie sich für »nein« entschieden, was mich aber nicht davon abgehalten hatte, das Liebesbriefeschreiben fortzusetzen.

Häufig hatte ich dann tatsächlich Antworten auf meine Liebesbekundungen in meinem rosafarbenen

Daisy-Duck-Schulranzen[2] gefunden. Sie beschränkten sich zumeist auf »Ich hasse dich, geh sterben«[3], doch ich verstand: *Liebe ist* nicht, was man sagt, sondern was man fühlt. Sie musste ihr Gesicht wahren, empfand in ihrem Herzen aber tiefste Liebe für mich. Zwischen den Zeilen zu lesen war eine Fertigkeit, die ich bereits vor dem eigentlichen Lesen gemeistert hatte.

Ich hatte ihre Rechtschreibfehler dann mit rotem Stabilo korrigiert und – als Liebesbeweis, denn es waren meistens ziemlich viele – trotzdem eine Eins druntergemalt. Oder, wenn es mal außergewöhnlich viele Fehler waren, eine Zweiplus, da hätte ich dann natürlich keine Eins druntermalen können, das hätte sie ja gemerkt, sie war ja nicht dumm gewesen, nicht so richtig dumm jedenfalls.

Ich bewunderte ihre goldenen Locken. Mein Herz raste und die Zeit schlich, als ich mich langsam und in freudiger Erwartung auf sie zubewegte.

....

2   Hier ist es vielleicht sinnvoll zu erwähnen, dass ich für einen nicht geringen Zeitraum den abgetragenen Schulranzen meiner großen Schwester verwenden musste, da mein eigener wegen eines außer Kontrolle geratenen Käsebrot-Experiments nicht mehr zu benutzen war.

3   Wenn du aus der Zukunft kommst: Herzlichen Glückwunsch, du hast diese sehr schwere Herausforderung gemeistert.

Zu Lauras achtem Geburtstag hatte ich ihr, auch wenn ich mich damals schon geschämt hatte, dieses grauenhafte Klischee zu bedienen, doch ich wusste, Frauen stehen auf den Scheiß, ein Mixtape aufgenommen.

Ich hatte ihren Musikgeschmack gekannt, sie hatte auf die Kelly Family gestanden, ich hatte aber gehofft, sie mit der Kassette davon überzeugen zu können, dass DJ Bobo einfach besser war. Zwar hielt ich Verständnis und Toleranz für wichtige Grundpfeiler einer Beziehung, fand jedoch, dass gemeinsame Interessen mindestens ebenso wichtig waren und manchmal musste man eben Opfer bringen. In diesem Fall sie.

Ich hatte unsere Liebe nie für selbstverständlich gehalten und auch besser daran getan, dachte ich, während Laura sich eine Strähne aus dem Gesicht strich und ich mit meiner Zunge meine Lippen leicht befeuchtete.

An einem Montag kurz vor Weihnachten in der großen Pause beim Fußballspielen hatte der eine Robert, der Julia, das schönste Mädchen der Klasse, zu seiner Freundin erklärt hatte, sie zu nicht mehr seiner Freundin erklärt, als sie nach einem schweren Autounfall nicht mehr das schönste Mädchen der Klasse war, sondern vielleicht Platz sechs oder so, wie er gesagt hatte, immerhin wäre sie nicht dick. Stattdessen hatte er Laura, meine Freundin, die nun von Platz zwei auf eins nachgerückt war, öffentlich zu seiner Freundin erklärt.

Für die Liebe kämpfend und mit der Kraft der Verzweiflung hatte ich ihm vors Schienbein getreten, ihm gesagt, dass er ein blöder Pimmelkopf wäre und das vergessen könnte.

Von dieser Reaktion völlig auf dem falschen Fuß erwischt (damit hatte er nicht gerechnet, denn er war fast einen halben Kopf größer als ich gewesen) hatte er mich irritiert angestarrt, sich dann vor mir aufgebaut, mich weiter irritiert angestarrt, und »na gut« gesagt.

Ich war nun mit dem schönsten Mädchen der Klasse zusammen, was meine Liebe zu ihr nur noch intensivierte.

Unsere Lippen berührten sich. Laura hatte, wie ich sehen konnte, ihre Augen geschlossen. Ihre Lippen waren weich, der Kuss sanft. Es fühlte sich an, als seien nur noch wir beide im Raum, uns gegenüberkniend, küssend, in eine Säule aus warmem Licht im sonst dunklen, endlos weiten Raum getaucht.

Dann lösten sich unsere Lippen voneinander, sie sagte »Wäh!«, stand auf und rannte weg, und Lena, Christian, Christoph, Julia, der eine Robert, der andere Robert, Thomas, Andi, Christina und Anne lachten laut auf.

Ich beschloss, in meinem nächsten Brief Schluss zu machen, denn Liebe ist weder, was man sagt, noch was man fühlt, sondern was man tut.

Und das, das war keine Liebe.

Blöde Arschkuh.

Zwischenspiel im Zug

»Bist du Ostendstraße?«

Als ich vor einiger Zeit in einer S-Bahn saß und mich
in spannende Lektüre vertiefen wollte, wollte auf dem
Viererplatz neben mir eine junge Frau, Empfangslöchern zum Trotz, ein wichtiges Telefonat mit ihrem
»Schatz« führen, der seinerseits, S-Bahn fahrend und
Empfangslöchern zum Trotz, ein wichtiges Telefonat
mit seinem »Schatz«, also ihr, führen wollte.

Ich ärgerte mich zunächst – erst hinterher wurde
mir bewusst, welche dramaturgische Meisterleistung
dieses Gespräch war, das sich über 30 Minuten hinzog
und hier verkürzt dargestellt werden soll:

»Ich hasse diese S-Bahn. *(Pause)*

Ich hasse diese S-Bahn. *(Pause)*

Schatz, bist du Ostendstraße? *(Pause)*

Ich hasse diese S-Bahn. *(Pause)*

Schatz, bist du Ostendstraße? *(Pause)*

Schatz, warum bist du Ostendstraße? *(Pause)*

Ich hasse diese S-Bahn. *(Pause)*

Ich muss dir was voll Krasses erzählen! *(Pause)*

Ich muss dir was voll Krasses erzählen! *(Pause)*

Schatz, bist du Ostendstraße? *(Pause)*

Schatz, warum bist du Ostendstraße? *(Pause)*
Ich muss dir was voll Krasses erzählen! *(Pause)*
Ich muss dir was voll Krasses erzählen! *(Pause)*
Ich muss dir was voll Krasses erzählen, pass auf ...«

Dann stieg sie aus. Ich habe nie erfahren, was sie ihrem »Schatz« Krasses erzählen wollte. Ich habe seitdem nicht geschlafen. Solltest DU, junge Frau vom Viererplatz neben mir, oder DU, »Schatz« vom anderen Ende der Leitung, diese Zeilen lesen: Schreibt mir eine E-Mail, regen@marvinruppert.de, löst das Geheimnis bitte, bitte auf und lasst mich endlich wieder schlafen.

Es sind schon beinahe zwei Jahre.

Konglomerat

»Der Tag hat schon so absurd angefangen. Ich bin von Justin Timberlakes ›Cry Me A River‹ aus dem Schlaf gerissen worden und habe dann fast eine halbe Stunde mit ›Cry Me A River‹ auf repeat spielendem Handy-Wecker in der Hand vor dem Badezimmer gestanden. Weil ich morgens nicht einfach aufstehen kann, ohne zwanzigmal die Schlummertaste zu drücken, habe ich mir eine App runtergeladen, die besonders nervige Musik spielt und mit der ich das Weckerklingeln nur ausstellen kann, indem ich mit dem Smartphone den Barcode meiner Zahnpastatube im Badezimmer scanne. Was ich nicht bedacht habe: Bad besetzt. Und dann wollte der Laptop nicht ins Internet, weil Sicherheitszertifikat angeblich ›abgelaufen oder noch nicht gültig‹. Ein Blick aufs Computerdatum hat die Sache aufgeklärt: 31. Juli 10012. Habe dann auf das geöffnete Dokument geschaut, meine halb fertige Diplomarbeit, und mich gefragt, ob 8000 Jahre Verspätung wohl Punktabzug bringen würden. Und dann habe ich die Überschriften fett und serifenlos gemacht weil –«

»Kannst du mal die Klappe halten?«, unterbricht mich meine Freundin liebevoll. Wir sitzen, wie schon so oft, im Café Roter Stern und »wollen« über unsere Beziehung reden. Plötzlich ist die Stimmung irgendwie gedrückt. Draußen fängt es an zu regnen und ein kleines Kind weint. Ich rühre demonstrativ mit dem Kaffeelöffel in meinem Kaffee herum. Mehr als die von der Milch bereits einheitlich eingebräunte Brühe dies noch erfordern würde.

Meine Freundin beginnt das Gespräch:

»Ich finde, ›Tretboot 4 – Die Wiedergeburt‹ war ein Streit zu viel.«

Ich hatte die Idee gehabt, unsere Streits nach Austragungsort und Filmfortsetzungstiteln zu kategorisieren, weil man sich dann in Gesprächen wie diesen einfacher darauf beziehen kann.

»Worum ging es in ›Tretboot 4 – Die Wiedergeburt‹ noch mal?«, frage ich.

»Ist das dein Ernst?«, fragt sie. »Das war gestern!«

Leider kann man die Handlung der Streits trotz cooler Titel nicht im Internet nachlesen.

»Na, es war das gleiche Thema wie bei ›Tretboot 2 – Die Rückkehr‹, bei ›Vorraum der Fachbereichsbibliothek Psychologie 3 – Auf der Suche nach Mr. Spock‹ und dem dritten Mensa-Streit.«

»›Mensa 3 – Die Rückkehr des Königs‹?«, frage ich.

»Ich glaube, wir hatten uns auf ›Mensa 3 – Der Gefangene von Askaban‹ geeinigt«, zischt sie.

»Ah stimmt«, sage ich. Darum, wie wir »Mensa 3«
nennen sollten, ging es übrigens in »Mensa 4 – Der
Feuerkelch«, dem bisher krassesten Streit unserer
Beziehung. Ähnlich intensiv war nur »Standesamt 2 –
Die Kammer des Schreckens«. Eigentlich haben die
Filmfortsetzungstitel weder etwas mit den Streitinhal-
ten noch mit den Austragungsorten zu tun. Lässt sich
manchmal aber einfach nicht vermeiden.

Meine Freundin gestikuliert wild, wie damals bei
»Vorlesung Statistik 2 – Tag der Abrechnung«, von
dem ich leider nicht mehr so genau weiß, worum es
ging, und erzählt, wie genervt sie davon ist, dass ich ihr
keine Komplimente mehr mache, nie auf sie eingehe
und immer sofort zu einem anderen Thema wechsle,
wenn sie irgendetwas von sich erzählt.

›Cry Me A River‹, denke ich aus irgendeinem Grund,
dann sage ich: »Das ist ja oft so ein Konglomerat aus
ganz vielen Dingen.«

»Was?«, fragt sie.

»Na das Genervtsein«, sage ich.

»Ach so«, sagt sie.

»Ich finde übrigens, Konglomerat ist ein tolles
Wort«, sage ich.

»Hallo? Können wir mal bei mir bleiben?«, fragt sie.

»Tschuldigung«, sage ich. »Schatz, findest du auch,
dass Konglomerat ein tolles Wort ist?«

Sie steht auf und geht.

»Café Roter Stern 22 – Ein Quantum Trost«, rufe

ich ihr hinterher und rühre demonstrativ mit dem Kaffeelöffel in der Tasse herum. Mehr als die paar Bröckchen Kaffeesatz dies noch erfordern würden. Die Situation erinnert mich ein bisschen an den Streit »Wattenscheid Episode 5 – Das Imperium schlägt zurück«. Worum es genau ging, weiß ich allerdings nicht mehr. Nur, dass ich Kaffee getrunken habe.

Um ein Uhr morgens sitzen wir gemeinsam an meinem Küchentisch und legen den nachmittäglichen Streit Bud-Spencer-mäßig mit Bier-und-Würstchen-Wettessen bei. Nur geht es bei uns nicht um einen roten Strandbuggy: Wenn ich gewinne, gibt sie zu, dass »Konglomerat« wirklich ein schönes Wort ist, wenn sie gewinnt, gestehe ich ein, dass ich ihr keine Komplimente mehr mache, ihr nie zuhöre und immer sofort zu einem anderen Thema wechsle, wenn sie irgendetwas von sich erzählt, und die alleinige Schuld an allen vergangenen und zukünftigen Streits trage.

Sie muss niesen. »Hm-hm-hm«, sage ich, weil ich den Mund voll habe, und meine »Gesundheit«.

»Hm-hm«, sagt sie, weil sie auch schon wieder kaut, denn sie liegt knapp hinten, und meint wahrscheinlich »Danke«, vielleicht aber auch »Bahnhof« oder »Arschloch«, wer weiß das schon.

Ich beiße in mein neuntes Würstchen, sie stopft erst ihr siebtes in den Mund und würgt leicht.

Am Ende sind wir mit je zweieinhalb Gläsern Würstchen und sieben Dosen Bier gleichauf und uns ist beiden sehr, sehr schlecht.

»Du siehst gut aus«, sage ich. Und muss ein bisschen lachen, weil das nicht stimmt.

Anna

Anna ist nicht nur der Titel dieser Geschichte, Anna ist auch der Name einer Frau. Einer Frau, die hübsch, gutaussehend und ausgesprochen attraktiv ist. Anna erwähne ich nicht nur, weil ich finde, dass eine gute Geschichte immer eine hübsche, gutaussehende und ausgesprochen attraktive Frau braucht, sondern weil Anna eine wichtige Rolle in meinem Leben gespielt hat, zumindest zwei Tage lang. Dies ist Annas Geschichte.

Es war Frühling, das Leben war schön und meine Freundin hatte mich mal wieder verlassen. Sie hatte das damals häufiger getan, was mich immer wieder sehr – aber jedes Mal weniger – traurig gemacht hatte, aber darum geht es jetzt nicht. Ich freute mich jedenfalls, endlich wieder Single zu sein und dachte mir: »Hey ... eine Freundin haben wäre toll.«

Eigentlich musste ich dafür nur abwarten und nichts tun, eigentlich kam immer alles zu mir, Wohnung, Praktikum, Studienplatz, Freundin, Pizza, ich hatte aber Lust, mal nicht abzuwarten, mal ein bisschen verrückt zu sein und meine zukünftige Freundin nicht zu mir kommen zu lassen, sondern sie auf halbem Wege abzuholen.

Schnell wurde mir klar, dass sich *der halbe Weg* nicht in meinem Zimmer befand, auch wenn dort im Sitzsack sitzen und böse Musik hören schön war. Ich ging also in den Hinkelstein, eine Kneipe am Marktplatz, in der ich noch nie gewesen war. Sofort fiel mir dort die hübsche, gutaussehende und ausgesprochen attraktive Kellnerin auf. Sie hieß Anna und war hübsch, gutaussehend und ausgesprochen attraktiv.

Ich beschloss, Anna in mich zu verlieben, indem ich immer, wenn ich eine Altbierbowle bei ihr bestellte, meinen Charme spielen ließ. Anfangs funktionierte das eher suboptimal. Ich versuchte, mit meiner Sprachbegabung zu glänzen und fragte sie auf Schwedisch, ob sie mal einen Kaffee mit mir trinken wolle: »Hej … vill du ta en fika med mig?« Vollkommen korrektes Schwedisch, aber zugegeben, wenn man der Sprache nicht mächtig ist, kann man das auch falsch verstehen. Andererseits passte mir ihre ablehnende Reaktion ganz gut, da ich damals ohnehin keinen Kaffee trank.

Meine weiteren Versuche schienen erfolgreicher verlaufen zu sein. Ich konnte mich zwar an nicht mehr viel erinnern, als ich am nächsten Morgen mit Kopfschmerzen aufwachte, fand aber eine Kurzmitteilung auf meinem Handy vor: »Freue mich auf heute Abend, hol mich um acht vorm Hinkelstein ab. Anna.«

Vermutlich hatte ich sie also zum Filmschauen bei mir eingeladen, alles andere schien mir zu abwegig. Ich verlor keine Zeit und begann, meine WG für Frauenbesuch vorzubereiten. Ich putzte die Küche so intensiv, dass man praktisch daraus essen konnte. Mit viel Liebe wählte ich einen Film mit viel Liebe für die richtige Grundstimmung aus und verteilte auf meinem Nachttisch eine Packung Kondome. Das sollte klare Signale setzen und aussagen, dass ich ein verantwortungsvoller Mensch bin, der außerdem, denn ich hatte sie sehr hübsch auf dem Tisch verteilt, Wert auf Ästhetik legt.

Zuverlässig unpünktlich erreichte ich um viertel nach acht den Hinkelstein. Anna war leicht ungehalten, nun würden wir den Anfang des Chorkonzertes in der Lutherkirche verpassen, das wir uns, wie gestern Abend versprochen, zusammen anhören wollten. Ich fragte sie, ob sie sich sicher sei, das klinge gar nicht nach mir, ich möge ja mehr so Musik, wo Leute schreien, brüllen und grunzen, aber keine Angst, sonst sei ich ein ganz Netter, das sei ja oft so, Leute, die die böseste Musik hörten, seien oft die liebsten Menschen, zum Beispiel ich, und fragte sie, ob wir nicht lieber was anderes machen wollten, zum Beispiel, puh, keine Ahnung, Film schauen bei mir oder so.

Ich entschied mich einstimmig dafür, sie einstimmig dagegen. Immerhin konnte ich sie noch zu Schnick-Schnack-Schnuck überreden, doch sie gewann – Schere umwickelt Stein.

Nach dem Konzert fragte sie mich, wie es mir denn jetzt gefallen habe. Ich nickte und sagte: »Gar nicht mal so unübel«, worauf ich ein bisschen stolz war, denn da ihr der doppelte Negativ nicht aufgefallen war, musste ich nicht lügen. Ob ich sie nicht noch nach Hause bringen wolle, wollte sie noch wissen. Ich entgegnete, ob wir nicht lieber zu mir gehen wollten, Film schauen oder so. Als sie mir Schnick-Schnack-Schnuck anbot, gab ich auf.

Vor ihrer Haustür angekommen schaute sie mich mit großen Augen an und fragte, ob ich noch auf einen Kaffee mit hochkommen wolle. »Wow«, dachte ich mir, »das hat noch nie jemand zu mir gesagt«, war aber irgendwie noch ein bisschen schlecht drauf wegen des Chorkonzertes und antwortete wahrheitsgemäß: »Ich trinke keinen Kaffee.«

Sie zupfte an meiner Jacke, biss sich auf die Unterlippe und erwiderte: »Ich habe auch gar keinen Kaffee da.« Ich spielte mit, nahm die Herausforderung an, wer würde wohl zuerst aufgeben, und sagte: »Warum fragst du dann?!«, was sie mit verfinsterter Miene als Scherz aufklärte, natürlich habe sie Kaffee da, und ob ich jetzt noch mit hochkommen wolle oder nicht. »Ha! Gewonnen, 1:0«, dachte ich mir und freute mich eine Weile.

»Also kommst du jetzt noch mit hoch?!«

Ein ungeduldiger Unterton mischte sich ihrer Frage bei. Ich wollte natürlich, empfand aber das Chorkonzert als noch nicht ganz ausgeglichen und führte aus, dass es ja wirklich unsinnig sei, jetzt noch Kaffee zu trinken, wer würde um diese Uhrzeit überhaupt noch Kaffee trinken wollen, was für eine unsinnige Frage, das kann man mittags nach dem Mensaessen fragen, aber doch nicht jetzt noch, wie unsinnig. Sehr schlagfertig, wie ich fand, der Punkt ging auch an mich, »2:0«, dachte ich mir, als Anna ihre Haustür hinter sich und vor mir ins Schloss fallen ließ.

Mir fiel auf, dass Anna ganz schön kompliziert und unflexibel war. Ich machte mich auf den Heimweg und hoffte, dass sie noch nicht zu sehr in mich verliebt war, denn so eine schlechte Verliererin wollte ich dann doch nicht als Freundin haben.

Ich mag Regen

Sigmund Freud hat mal gesagt: »Das Streben nach Glück ist der zentrale menschliche Lebenszweck.«

Sigmund Freud hat auch gesagt: »Die Absicht, dass der Mensch glücklich *ist*, ist nicht im Plan der Schöpfung enthalten.«

Im Frühling 2007 hieß das Glück für mich Maria, hatte langes, gelocktes Haar, ein Unterlippenpiercing und eine Schwäche für Jazz und Fleischsalat. Tolle Kombination. Sie war neu in Marburg, ich hatte sie bei der Lesebühne in der Cavete kennengelernt und mich direkt in sie verliebt. Ich wollte sie, also wartete ich vier Wochen, um interessanter zu erscheinen, und fragte sie dann, ob wir nicht mal was zusammen machen wollten.

»Sehr gerne«, hatte sie geantwortet, »wie wär's mit Picknick an der Lahn? Das Wetter ist grad so schön!«

Der Heuschnupfen in mir *wollte* antworten: »Picknick an der Lahn? Da könnte ich auch gleich nackt auf einem Pferd durch ein Getreidefeld reiten und Pusteblumen schniefen und es würde mir besser gehen!«

Der verliebte Depp in mir antworte: »Na klar, tolle Idee, super, wie wär's mit Donnerstag, halb vier an der Mensabrücke?«

2007 war auch das Jahr, in dem meine Allergie-Medizin aufgehört hatte zu wirken. Mein durchschnittlicher Taschentuchkonsum betrug dreißig Päckchen pro Tag, das waren bei einer Wachzeit von fünfzehn Stunden zwei Päckchen pro Stunde, also ein Taschentuch alle drei Minuten. Das ging ganz schön ins Geld. Heuschnupfen war es definitiv, da war ich mir ganz sicher, eine Erkältung konnte es dank meiner täglichen Vitamin-C-Brausetablette mit fünfhundert Prozent Tagesbedarf-Abdeckung jedenfalls nicht gewesen sein.

Ich hatte eine Leine durch mein Zimmer gespannt, um die von wässrig-klarem Rotz triefenden Taschentücher trocknen und wiederverwenden zu können und auch über eine Nebenverdienstquelle zur besseren Finanzierbarkeit nachgedacht, zum Beispiel den Rotz in Flaschen abzufüllen und als neues Biogetränk zu verkaufen, oder aus meinen gebrauchten Taschentüchern ein neues psychologisches Testverfahren zu konstruieren.[4] Projekte, die aus Gründen scheiterten, die ich mir bis heute nicht erklären kann.

Am Donnerstag, zwei Stunden vor dem Picknick, pumpte ich mich mit allen Antiallergika voll, die ich zu

----

4   Einfach Taschentuch gegen das Licht halten und den Patienten fragen: »Was sehen Sie in diesem Rotz?«

Hause noch finden konnte: *Cetirizin, Nasonex, Lorati-din, Ketofex, Proneurin, Livocab, Prednitop, Protazin* und *Vividrin* und steckte mir Taschentücher in die Nase.

Etwas verspätet, um kurz nach halb vier, schwebte ich mit meinem Cocktail aus fröhlich interagierenden Medikamenten gen Mensabrücke. Maria war schon da, hatte auf der Wiese eine Decke ausgebreitet und winkte mir zu. Als ich mich zu ihr setzte, entdeckte ich am Rand der Decke ein vierblättriges Kleeblatt, freute mich, denn ich hatte noch nie eins gefunden, und schenkte es *ihr* in meiner naiven Verliebtheit, »Glück für mein Glück« (namens Maria), die das immerhin »nett« von mir fand.

Ich packte Kekse und Wein aus, sie ein Fleischsalatbrötchen. Das machte mich total verliebt. Und weil ich sie auch verliebt machen wollte, erzählte ich ihr, ich sei jetzt Dichter und wollte mit meinem neuesten Werk, welches ich am Morgen verfasst hatte, auch mal beim Poetry Slam auftreten. Ich trug es ihr vor:

An den Frühling
Du Arsch
Geh weg
Lass mich
In Frieden
Und auch
Meine Nase
Du Arsch

»Reimt sich ja gar nicht«, sagte sie, »aber total authentisch mit den Taschentüchern in der Nase.«

Während Maria sich zärtlich liebkosend über ihr Fleischsalatbrötchen hermachte, versuchte ich, die Party der Antiallergika in mir mit Weißwein in Schwung zu bringen. Spätestens ab hier kann ich nicht mehr für den Wahrheitsgehalt der Geschichte garantieren.

Mein heutiger Ex-Kumpel Robert, den ich schon seit Grundschulzeiten kannte und der inzwischen seit, na ja, jenem Frühlingstag 2007 mein Ex-Kumpel ist, kam zufällig vorbei und gesellte sich zu uns. Er hatte eine auffallend freie Nase. Doch bevor ich Verdacht schöpfen konnte, war es bereits zu spät. Er hatte das vierblättrige Kleeblatt entdeckt, das ich Maria geschenkt hatte, machte es mit einer gezielten Handbewegung zu einem dreiblättrigen und sagte: »Baby, wozu brauchst du noch Glück, wenn du mich haben kannst?«

Maria war von dieser lässig gefährlichen, abenteuerlichen, das Schicksal herausfordernden Art Roberts so sehr erregt, dass sie freudig strahlend und »Ich liebe dich!«-schreiend aufsprang – und sich auf den Sattel seines Pferdes schwang, das auf einmal neben uns auf der Wiese stand, und mit ihm gemeinsam nackt durch ein Getreidefeld gen Sonnenuntergang ritt.

Zurück ließen sie mich, mit einem angefangenen Fleischsalatbrötchen, triefender Nase und einem gebrochenen Herzen.

Fazit 1:

Glück (in diesem Fall Maria), *ist* im Plan der Schöpfung enthalten, kommt aber immer zu Ärschen (in diesem Fall Robert). Ärsche (in diesem Fall Robert) haben keinen Heuschnupfen (achtet mal drauf). Deshalb werden Leute wie ich (in diesem Fall ich) niemals Ärsche sein, was bedeutet, dass das Glück (in diesem Fall Maria) niemals zu Leuten wie mir (in diesem Fall mir) kommen wird und das ist doof.

Fazit 2:

Verliebe dich niemals in Mädchen, die auf Fleischsalat stehen.

Wellen

»»Ich habe den größten Fehler meines Lebens begangen, als ich dich verlassen habe, das war so dumm von mir, bitte, nimm mich zurück und lass es mich wiedergutmachen!‹, das müsste sie sagen!«, sage ich. Zu der Frau, mit der ich ein Date habe. Ihr Blick schwankt zwischen Hass und mehr Hass. Ob ich nur von meiner Exfreundin reden könne, fragt sie.

Weil ich zu schüchtern bin, um Menschen von mir aus anzusprechen, setze ich mich, seit ich verlassen wurde, täglich ein paar Stunden vors Ufercafé. Ich versuche dann, intelligent auszusehen, indem ich Sartre lese, und gucke abends, ob mich jemand bei »Spotted Philipps-Universität Marburg« sucht.

»Klar kann ich auch von was anderem reden«, sage ich. »Moment«, sage ich. Ich denke nach. Auf dem Tisch liegt Sartres »Die Wörter« zugeklappt mit Lesezeichen auf Seite 14. Ein braungebrannter Mann am Nebentisch zündet sich eine Zigarette an. Ein pubertierendes Pärchen fährt in einem Ruderboot vorbei. Beziehungsweise versucht es, er rudert, das Boot dreht sich im Kreis, sie versucht sehr angestrengt, unsichtbar zu sein. Die

Lahn schlägt Wellen. Ich mag Wellen. Genauso wie Berge, die ich aber eigentlich nur mag, weil sie ja irgendwie auch nur sehr langsame Wellen sind. Und Regen. Aber es regnet nicht. Schade. Der Mann am Nebentisch trinkt einen Schluck aus seinem Bier und drückt die bis zum Filter aufgerauchte Zigarette aus. Die Frau gegenüber ist noch nicht gegangen. Ich versuche, von etwas anderem als meiner Exfreundin zu reden:

»Ich hab gestern was voll Seltsames geträumt«, sage ich, »pass auf: Ich bin zu Hause, also in meinem Prä-Marburg-Zuhause, und sitze am Esstisch mit meiner toten Uroma, die schon seit fünfundzwanzig Jahren tot ist ... und meiner Exfreundin.«

Der Blick der Frau gegenüber schwenkt von mehr Hass zu noch mehr Hass. Mir fallen meine eingeschränkten Fähigkeiten auf, nicht von meiner Exfreundin zu reden. Das kratzt an meinem Selbstbild, deshalb konzentriere ich mich auf meine Stärken: Zum Beispiel Dinge zu Ende bringen.

»Und meine Exfreundin«, fahre ich also fort, »die im Traum irgendwie noch meine Freundin ist, erzählt meiner toten Uroma, dass sie mit mir Schluss machen will, und zwar nicht, weil sie sich langweilt, sondern weil ich sie langweile. Aber sie will die Beziehung nicht wegen so was beenden, sondern lieber fremdgehen, und da hat sie ›den Richtigen‹ bisher einfach noch nicht gefunden. ›Aber pssst‹, sagt sie dann zu meiner toten Uroma, ›Marvin darf das noch nicht wissen.‹ Und weil ich direkt daneben sitze, sage ich: ›Ich sitze direkt daneben‹, und sie sagt: ›Misch dich nicht immer überall ein‹, und meine Uroma guckt mich vorwurfsvoll an, obwohl sie gar keine Augen mehr hat, und ist auf einmal Steve Jobs.«

Die Frau gegenüber rammt mir einen Blick durch den Schädel und ich versuche, zu retten, was zu retten ist.

»Glaubst du, mein Unterbewusstsein wollte mir mit dem Traum sagen, dass ich mir so'n buntes iPhone kaufen soll?«

Sie schaut sich um und sucht wahrscheinlich nach Fassung. Statt Fassung kommt Christoph vorbei. Ich sage nett »Hallo« und stelle die Frau gegenüber vor: »Das hier ist übrigens«, sage ich, »ähm«, sage ich, »hm«, schließe ich ab.

Sie steht auf und geht. Christoph ruft »Tschüss«, setzt sich auf ihren Platz und trinkt einen Schluck aus ihrem fast vollen Radler.

Es gibt da diesen Trick, den Namen einer Person eselsbrückenmäßig mit ihrer Augenfarbe zu verknüpfen. Das hat den Vorteil, dass man ihn sich besser merken kann und gleichzeitig wie ein besonders aufmerksamer Zuhörer scheint, selbst wenn man an Sex denkt, während die Person redet, an Wellen oder an bunte iPhones. Weil man ihr währenddessen in die Augen schaut.

Die Frau, die mir am nächsten Tag am Ufercafé gegenübersitzt, trägt eine dunkle Sonnenbrille. Ich gucke ihr aus Versehen kurz in den Ausschnitt, weil ich verwechsle, wer von uns die Sonnenbrille trägt.

Die Frau, die mir gegenübersitzt, ist die gleiche wie gestern. Nein, sogar dieselbe. Wobei ich nicht weiß, ob bei Menschen die Unterscheidung zwischen »Gleiche« und »Selbe« überhaupt Sinn macht. Wobei ich nicht weiß, ob man »Sinn machen« inzwischen korrekterweise sagen darf, eigentlich ja nicht, aber die Sprache ist ja im Fluss, aber ich verliere mich. Die Frau gegenüber gibt mir jedenfalls eine zweite Chance. Bedingung eins: Ich merke mir ihren Namen. Bedingung zwei: Ich höre auf, von meiner Exfreundin zu reden.

Sie trägt also Sonnenbrille und erzählt – was schon mal gut ist, weil wenn sie erzählt, erzähle ich nicht, was die Chancen drastisch erhöht, dass ich Bedingung zwei erfülle –, dass es zu viele Erpel in Marburg gibt, fünf Erpel auf eine Ente, im wahrsten Sinne des Wortes, Entenvergewaltigungen und überhaupt, und ich versuche, durch ihre kaum transparenten Sonnenbrillengläser ihre Augenfarbe zu erahnen, um die Eselsbrücke zu bauen. Das ist nicht leicht, man sieht ihre Augen zwar, aber nicht so detailliert, dass man beispielsweise Pupille und Iris unterscheiden könnte. Was ja vielleicht wieder bedeutet, dass sie keine helle Irisfarbe hat, weil dann könnte man das ja vielleicht.

»Es müsste Enten-Krieg geben«, sagt sie unterdessen, »Krieg war schon immer das perfekte Mittel, um das Geschlechterverhältnis zu regulieren, das kennt man ja von, äääh, Menschen! Vielleicht ist der Erpelüberschuss aber auch einfach ein Gegengewicht zum Frauenüberschuss in Marburg«, sagt sie, ›und vielleicht‹, denke ich, ›ist der Frauen-Überschuss in Marburg auch der Grund, warum ich heute nicht einem leeren Stuhl gegenübersitze.‹

Ich rücke näher und versuche, durch die Brillengläser die Irisfarbe zu erahnen, sie redet weiter, viel und schnell und lange. Vielleicht werfen die Sonnenbrillengläser aber auch einen so dunklen Schatten, dass sich die Pupille so sehr weitet, dass von der Iris überhaupt nichts mehr übrig ist, wo man eine Farbe erahnen kann, die man dann eselsbrückenmäßig mit dem Namen verknüpfen kann. Warum heißt es eigentlich nicht Entenbrücke? Oder Erpelbrücke, dann hätten die Erpel was zu tun und müssten nicht die ganze Zeit Enten begatten? Vielleicht weil Erpel und Enten keine Brücken brauchen, weil sie schwimmen und fliegen können, und jetzt verliere ich mich gleichzeitig in Gedanken und irgendwie schon wieder im Ausschnitt der Frau gegenüber.

»Sachma, geht's noch!?«, fragt sie, steht auf und nimmt die Sonnenbrille ab. Sie hat braune Augen.

»Och ja«, sage ich, »eigentlich schon, nett, dass du fragst ...«

Sie schüttet mir ihr fast volles Radler ins Gesicht und verschwindet gerade in dem Moment, als Christoph wieder vorbeikommt.

»Das war«, sage ich, »ähm«, sage ich, »hm«, schließe ich ab. »Sie hat braune Augen.«

»Iris«, sagt Christoph. »Das war Iris. Wollte ich dir gestern schon sagen.«

Meine Texte sind oft wie meine Beziehungen. Schöner Anfang, hässlicher Schluss. Deshalb beende ich diese Geschichte mit einem weiteren Anfang:

Ich sitze unter der aufgespannten Plane am Ufercafé und es gewittert. Ich mag Küssen bei Gewitter, aber es ist niemand hier zu diesem Zweck. Ich lese zum dritten Mal, seit ich hier bin, Seite 14 in Sartres »Die Wörter«, zum dritten Mal, seit ich hier bin, weiß ich am Ende der Seite nicht mehr, was ich gerade gelesen habe. Am Nebentisch spielt eine schöne Frau Gitarre und lässt sich vom Regenprasseln begleiten, noch einen Tisch weiter spricht ein braungebrannter Mann französisch, aber das hat nichts zu bedeuten. Meine Gedanken kreisen wild um nichts Bestimmtes. Der Wind wird stärker und ich spüre Regentropfen an meinen Unterschenkeln, die von der kurzen Hose nicht bedeckt sind. Die Lahn schlägt Wellen.

»Ich mag Wellen«, sagt die Gitarrenfrau in meine Richtung und zupft irgendwas »Stairway to Heaven«-Ähnliches.

»Ich auch«, sage ich.

Lila Leopard

Ich stelle mich auf Bühnen und lese Geschichten vor, kehre mein Innerstes nach außen und hinterher kommen junge, hübsche Frauen zu mir und sagen: »Mir hat die Silhouette deiner Haare gefallen.« Das macht mich traurig, denn niemand will den Menschen *unter* den Haaren kennenlernen.

Jetzt liege ich hier und kann den Blick nicht abwenden. Liege hier, unbekleidet, neben Tina, auch unbekleidet, und sie hat Kerzen angemacht und Jazzmusik und mich, und ich liege auf dem Rücken und kann einfach den Blick nicht abwenden. Nicht von ihr, nein, das ist das Schade[5], von ihr sollte ich den Blick nicht abwenden können, denn sie ist hübsch und nackt und lächelt. Nein, den Blick nicht abwenden kann ich von Lilaleo, ihrem lebensgroßen lila Plüschleoparden, der mich schon die ganze Zeit anstarrt. Sein Blick ist feindselig und böse. Ich habe ein bisschen Angst, dass er gleich über mich herfällt und nicht Tina.

....

5   Ich bin übrigens Gründungs- und nach wie vor einziges
     Mitglied der *Initiative für die Nominalisierung von »schade«.*

Vor ein paar Wochen hatte ich auf einer Bühne gestanden und Geschichten vorgelesen und hinterher war eine junge, hübsche Frau zu mir gekommen, Unterlippenpiercing, 19 oder 25 Jahre alt, wer weiß das schon, Studienanfängerin halt, hatte mich mit großen Augen angeschaut und mir gesagt: »Mir hat die Silhouette deiner Haare gefallen.«

Wieder so eine, die nur Sex von mir will, hatte ich mir gedacht. Aber weil es eigentlich mal wieder an der Zeit war, hatte ich mir gedacht, na ja, will ich mal nicht so sein. Überhaupt hatte ich in letzter Zeit eigentlich immer Pech gehabt mit dem weiblichen Geschlecht:

Ich stehe auf eine Frau, die Frau steht auf – und geht. Ich finde eine Frau toll, die Frau findet – Gefühle für ihren Ex wieder, ich mag eine Frau, die Frau mag – Frauen.

Also jedenfalls hatte ich mir dann gedacht, na gut, gehe ich halt mit ihr mit und wir machen ein bisschen Liebe.

Wir waren dann noch in die Kneipe unter ihrer Wohnung gegangen, da hatte sie nämlich noch hingewollt, zum *Reden*, aber na gut, hatte ich mir gedacht, Vorfreude ist auch eine gute Freude und mich aufs Liebe machen gefreut, während sie mir irgendwas erzählt hatte.

Und jetzt liege ich hier bei Kerzenschein, Jazzmusik und Tina, und sie küsst meinen Hals und berührt weitere relevante Stellen meines Körpers und – Lilaleo starrt mich an.

Ich hatte mein T-Shirt über ihn geworfen, aber Tina hatte es weggenommen. Dann hatte ich mit meinen Boxershorts seinen Kopf bedeckt, aber Tina hatte sie weggenommen, und jetzt starrt er mich wieder an.

»Du hast dir die falsche Raubkatze zum Feind gemacht«, sagt er oder sagt sein Blick, wer weiß das schon.

Nachdem Tina und ich an jenem Abend vor ein paar Wochen die Kneipe verlassen hatten, hatte ich sie noch nach Hause gebracht. Wir hatten ziemlich wenig gemeinsam, aber hey, Gegensätze ziehen sich aus und das hatte ich dann auch mit ihr probiert, aber sie hatte mich von sich geschoben und den Kopf geschüttelt.

»Ich hab das mit der Silhouette deiner Haare doch nur gesagt, weil ich deine Aufmerksamkeit wollte«, hatte sie gesagt, »ich will den Menschen *unter* den Haaren kennenlernen und deswegen lieber ... warten. Das verstehst du doch?«

»Äh, natürlich«, hatte ich gesagt, »ich bin doch kein Tier«, hatte ich gesagt, ›und außerdem habe ich Internet‹, hatte ich gedacht und obwohl ich all meine Hoffnungen auf Abend- und Morgensex hatte abschreiben müssen, hatte mich das ein bisschen in sie verliebt gemacht.

Mit Morgensex überrascht zu werden ist eine schöne Sache, nur ist es einfach nicht so überraschend, wenn man sich selber überraschen muss. Normalerweise überrasche ich mich schon gern selbst, zum Beispiel indem ich gelegentlich kleine Aufmerksamkeiten, von denen ich weiß, dass sie mich freuen würden, in der Wohnung platziere und sie dann vergesse. Aber beim Morgensex macht es nicht nur mathematisch gesehen bestenfalls halb so viel Spaß, wie von jemand anderem überrascht zu werden.

Seit jenem Abend habe ich nun fast pausenlos mit Tina telefoniert, getextet, gechattet und geknutscht, eingekauft, gekocht, gegessen und geknutscht, Serien, Filme und Leute geguckt und geknutscht und Kaffee, Melonenbrause und Weißwein getrunken und geknutscht und dann, heute, waren da auf einmal Kerzen und Jazzmusik und eine sparsam bekleidete Sie und – ihr lebensgroßer lila Plüschleopard.

Und jetzt liege ich hier, Tinas Mund wandert küssend meinen Körper herab und ich kann den Blick nicht abwenden von Lilaleo, der mich zähnefletschend anstarrt.

›Seit wann hat er Zähne?‹, frage ich mich. ›Er hatte doch eben noch keine Zähne? Und die sind doch nicht aus Plüsch? Was tropft da aus seinem Maul herab? Hat er sich gerade bewegt? Fuck, er hat sich bewegt, er hat sich bewegt!‹, denke ich, als mir Tinas lebensgroßer Plüschleopard mit seinen geifernden Fängen voran ins Gesicht springt.

»Hier, küss Lilaleo!«, sagt Tina und drückt mir das Mistvieh ins Antlitz.

»Was!?«

»Küss Lilaleo!«, sagt sie und lacht.

Ich fühle mich auf seltsame Art und Weise seltsam und versuche, Nerven zu bewahren.

»Äh, Entschuldigung Lilaleo«, stammle ich, »aber ... ich will den Menschen hinter *dem Leoparden küssen, das verstehst du doch!«*

»Du bist süß«, sagt Lilaleo oder sagt Tina, wer weiß das schon und fliegt davon in die andere Zimmerecke, also Leo, nicht Tina. Tina lacht und küsst mich und ich küsse sie, aber irgendwie spüre ich aus der Ferne noch immer den kalten, feindseligen Blick des lila Leoparden auf mir ruhen.

Das Poster hängt schief![6]

... denke ich, als ich aufschaue und ärgere mich. Das Poster links vom Schreibtisch hängt rechts einen Tick höher als links. Das kann ich jetzt gar nicht gebrauchen, so ein schiefes Poster, meine Diplomarbeit ist jetzt wichtig, sonst nichts. Nicht das schiefe Poster links vom Schreibtisch, nicht die verstaubte Schreibtischlampe, nicht der wackelnde Tisch und nicht die Kaffeetassenränder auf dem Tisch. Nichts soll mir das alles ausmachen, gar nichts, überhaupt gar nichts soll mir das alles ausmachen, meine Diplomarbeit fertig schreiben ist jetzt wichtig, sonst nichts, gar nichts, überhaupt gar nichts!

Als ich das Poster gerichtet habe, lege ich das Bettzeug schnell noch mal neu zusammen, die Falten waren nicht glatt zu bekommen, Falten stehen für Alter und Alter für Krankheit und Krankheit für Tod, das hat mir mein Uropa eindrücklich am eigenen Beispiel

6 Ein alter Freund aus Gießen hat mal gesagt: »Ich habe gestern ein neues Leben begonnen: Habe all meine alten Unterhosen weggeworfen und mir neue gekauft.« Ich widme ihm diesen Text.

bewiesen. Ich überlege es mir dann aber doch anders mit dem Zusammenlegen, man schwitzt pro Jahr über hundert Liter Schweiß in sein Bett und züchtet dort Milliarden von Pilzen und Bakterien heran. Werfe Kissen und Decke also gleich in den Müll und die Matratze vom Balkon. Sie liegt jetzt unten im Garten, der Garten gehört nicht zur Wohnung, ist also nicht mein Problem.

Man muss aufräumen, bevor es zu spät ist. Menschen sagen immer: »Ich hab das im Griff mit der Unordnung, ich kann jederzeit aufräumen«, und dann verrotten sie langsam in ihrem Chaos.

Ich beginne, die MP3-Sammlung auf dem Laptop folgendermaßen zu ordnen: Ich lösche alle illegal heruntergeladenen MP3s. Will dann zum weiteren Aufräumen Musik anstellen, ist aber keine mehr da. Schade. Hänge das irgendwie schon wieder schiefe Poster trotzdem gerade und hole dann neue Müllsäcke, denn in den alten passen weder die verstaubte Lampe noch der quietschende Schreibtischstuhl geschweige denn beide zusammen noch hinein.

»Die Basis einer gesunden Ordnung ist ein großer Papierkorb«, sagt Kurt Tucholsky. »Und wenn man keinen großen Papierkorb hat, dann braucht man eben viele«, sage ich.

Ich defragmentiere die Festplatte, bevor ich sie lösche, formatiere, dann ausbaue, aufschraube und zertrete. Da hätte man sonst immer noch feststellen können, dass da mal illegale MP3s drauf waren, da muss man vorsichtig sein. Und, wo ich so darüber nachdenke, hätte man ebenso feststellen können, dass da mal eine halb fertige Diplomarbeit drauf war. Aber halb so wild, wenn man nicht so wirklich weiterkommt, und ich bin nicht wirklich weitergekommen, da mache ich mir gar nichts vor, ist es manchmal besser, ganz von vorn anzufangen.

Bemerke, dass das Poster jetzt rechts wieder einen Tick höher hängt. Das geht so nicht, »Ein schiefes Poster an der Wand ist nur der Anfang eines Lebens auf der schiefen Bahn« heißt es schließlich nicht zu unrecht. Hänge es gerade.

Entnehme dann alle Schubladen aus dem Schreibtisch, entleere das enthaltene Gerümpel runter in den Garten und werfe sie hinterher. Die Kinder von Frau Schomberg freuen sich bestimmt über neues Spielzeug. Der Schreibtisch hat jetzt keine Schubladen mehr. Das ist gut, denke ich, Schubladen führen zu Schubladendenken und Schubladendenken führt zu Intoleranz und Intoleranz gegenüber sollte man ganz besonders intolerant sein, ebenso gegenüber Schubladendenken und ohne Schubladen kein Schubladendenken. Irgendwie macht ein Schreibtisch ohne Schubladen aber auch nur halb so viel Spaß und mit halben Sachen sollte man am besten gar nicht erst anfangen, ganz oder gar nicht, werfe ihn also auch vom Balkon, können sich die Kinder eine Höhle draus bauen, freuen sich bestimmt.

Als ich wieder hereinkomme, fällt mir der Staubsauger ins Auge. Staubsaugen macht Spaß, ich liebe Staubsaugen, ein bisschen Staubsaugen bevor ich wieder mit der Diplomarbeit anfange wird ja wohl nicht schaden, im Gegenteil, dann kann ich mich besser konzentrieren und sterbe nicht an Hausstaubvergiftung. Ich sauge den Teppichboden so ab, dass der Staubsaugerkopf ein gleichmäßiges Muster hinterlässt, und verbrenne ihn danach auf dem Balkon, weil er komisch riecht. Ist bestimmt eine ganze Zivilisation von Bakterien da drin, die jetzt schmort und brutzelt. Eigentlich bin ich ja gegen Genozid, aber irgendwo ist auch mal Schluss mit Gutmenschsein.

Der Teppichboden sträubt sich etwas dagegen, dass ich ihn herausreiße, ich denke mir aber, dass sich das auf lange Sicht lohnen wird, denn wenn der Teppichboden nicht mehr alles vollstaubt, muss man nicht mehr so oft Staubsaugen, und gerade jetzt, wo der Staubsauger wohl nicht mehr funktioniert, macht das mehr Sinn denn je.

Reiße das irgendwie immer noch schiefe Poster von der Wand, mir die verschwitzten Klamotten vom Leib und setze mich nackt auf den Boden des ebenso nackten Zimmers. Bloß das Telefon steht noch in der Ecke. Es klingelt, ich gehe ran. Es ist die Freundin meines Bruders, die normalerweise kein Wort mit mir redet, keine Ahnung, warum die anruft.

»Na, Schatz, was machst du so?«

Sie muss wohl denken, ich sei mein Bruder. Erlaube mir einen Scherz und antworte: »Aufräumen.«

Sie lacht: »Ja ja, du und aufräumen!«

Am Telefon sind meine Stimme und die meines Bruders nicht zu unterscheiden. Sie lacht immer noch. Ich mag ihre Lache nicht. Erzähle ihr von meiner heimlichen Zweitfreundin und mache Schluss. Sage ihr, wenn sie mir nicht glaubt, soll sie einfach bei Facebook nach ihr suchen und ihre Fotos anschauen. Nenne ihr den Namen, lege auf, denke mir ›Aufräumen‹ und grinse.

Rufe dann jene tatsächlich existierende heimliche Zweitfreundin an, melde mich als mein Bruder und sage: »Hab mit meiner Erstfreundin Schluss gemacht.« Sie freut sich. Kann mir richtig vorstellen, wie sie ihre schiefen Mundwinkel nach oben zieht. Ich mache Schluss, sie freut sich nicht mehr, ›Aufräumen‹, denke ich.

Das Telefon klingelt erneut. Es ist mein Bruder, der von der Arbeit anruft und wissen will, ob alles *in Ordnung* ist und ob ich auch zurechtkomme in seiner Wohnung, in der er mich vorübergehend wohnen lässt.

»Alles in bester Ordnung«, sage ich lächelnd, lege auf und stelle das Telefon fein säuberlich zurück in die Zimmerecke. Wird Zeit, dass mein Bruder sein Leben mal auf die Reihe bekommt, und aufräumen ist da ein guter Anfang.

Schlafloser Traum

Nach reiflicher Überlegung bin ich nur noch ein kleines bisschen in Annika verliebt. Ich sitze neben Zimmer 137 auf dem Boden an der Wand und warte. Es ist kurz nach halb vier Uhr nachts und das Hotel ist still bis auf das Surren der Leuchtstoffröhren an der Flurdecke. Eine flackert. Ich lege einen Beat drunter – in Gedanken, weil Beatbox kann ich nicht.

Ursprünglich verliebt hatte ich mich schon gegen halb elf. Ich wusste, dass ich mich wirklich richtig verliebt hatte, denn die Schmetterlinge im Bauch fühlten sich anders an als letztes Mal, als es sich dann doch nur als böse Stiefschwester von Verliebtheit herausgestellt hatte: Blinddarmentzündung.

Reiflich überlegt habe ich dort auf dem Boden und ein bisschen geträumt. Es war diese Art Träumen, die einen gemeinsam mit dämmrigem Halbschlaf überkommt, wenn ein Realitätswechsel den vorherigen ablöst und man sich immer noch fragen kann, ob man nicht eigentlich wach, aber in einem schlaflosen Traum gefangen ist. Ob schlaflos oder nicht, ich bin mir ziemlich sicher, dass nicht Günther Jauch vorbeigekommen ist und nach dem Weg zur Preisverleihung zum Strumpfträger des Jahres gefragt hat, ich »Ähm« gesagt und er sich mit »Nice, high five!« verabschiedet hat.

Das mit dem Schlüssel war jedenfalls eine echt dumme Idee gewesen. Ich war nach dem Poetry Slam in dieser fremden Stadt noch in diese Bar gegangen. Ich mache seit einiger Zeit nicht viel anderes: mit der Bahn in fremde Städte reisen, aus der Bahn auf die Bühne, von der Bühne in irgendeine Bar und von irgendeiner Bar nachts im Hotel ins Bett fallen.

Profis sprechen von den *vier Bs:* Bahn, Bühne, Bar, Bett. So sieht mein Leben momentan aus, Bahn, Bühne, Bar, Bett, Bahn, Bühne, Bar, Bett – ich würde es mit einem Beat unterlegen, aber Beatbox kann ich nicht. Mein eigenes Zimmer sehe ich nur noch ab und zu, und wenn, dann bloß zum Schlafen (wobei, nicht mal dann, beim Schlafen habe ich ja die Augen zu). Und dass meine Diplomarbeit zu kurz gekommen ist, ist auch kein Wunder. Ich hätte wohl keine vier oder fünf Semester gebraucht, hätte ich sie in die *Bs* einbauen können, aber dafür hätte ich auf Bachelor studieren müssen.

In dieser Bar gab es eine Tanzfläche und Musik. Ich kann sehr gut tanzen, nur tue ich es einfach nicht mehr. Seit ich dieses eine Mal perfekt getanzt habe, hat das seinen Reiz verloren.

Annika war auch dagewesen. Hatte mal getanzt und mal mit mir an der Theke gesessen. Wir kannten uns noch aus Schulzeiten und hatten uns damals konsequent mit gegenseitiger Verachtung bedacht. Ich hatte sie verachtet, weil sie mich verachtet hatte, und sie hatte mich verachtet, weil ... sie mich verachtet hatte. Aus demselben Grund also, aber sie hatte angefangen.

Heute, Jahre später, war sie dann bei diesem Slam aufgetaucht, weil sie meinen Namen in der Ankündigung gelesen hatte, und hatte mich hinterher in die Bar mitgenommen. Die Dreadlocks von früher trug sie nicht mehr und auch keine verschiedenfarbigen Chucks, trotzdem war sie ihrem Stil nicht entwachsen, nur mit ihm erwachsener geworden. Das mit der Verachtung hatten wir recht schnell aus der Welt geschafft: Sie schien mich nicht mehr zu verachten, womit ich auch keinen Grund mehr hatte, denn sie hatte ja angefangen. Wir hatten ein paar Schulzeit-Anekdoten ausgetauscht und abgeglichen, was aus wem geworden war: Punk-Konrad ist nun Verbindungs-Arsch, Lehrerkind-Jule ist überraschenderweise Lehrerin und Jesus-first-Alina hat inzwischen schon das zweite Kind vom dritten Vater.

Dann hatten wir begonnen, uns über wirklich Relevantes zu unterhalten: sie und mich. Woraufhin das mit der Verliebtheit passiert war.

Mein Liebesleben hatte sich in der letzten Zeit hauptsächlich durch verpasste Gelegenheiten ausgezeichnet. Zur schönen jungen Frau im Bus in Marburg war ich zum Beispiel nicht hingegangen, hatte nicht gesagt, dass ich ihren Schal mochte, wir waren nicht noch einen Kaffee trinken gegangen und hatten dabei nicht unsere gemeinsame Vorliebe für Zimt im und Jazz zum Kaffee entdeckt, ich hatte ihr nicht durchs Haar gestrichen, sie hatte mich nicht angelächelt und wir hatten uns nicht geküsst. Stattdessen hatte ich auf meinem Telefon rumgewischt.

Ich habe sie tatsächlich Monate später noch einmal wiedergesehen und direkt die Verliebtheit gespürt – war dann aber halt Blinddarmentzündung gewesen.

In der Bar hatte Annika gerade getanzt, als die Musik mich trotz aller Verliebtheit zum Gehen genötigt hatte. Fast war die Schwelle erreicht gewesen, an der ich doch noch angefangen hätte zu tanzen, und das hätte nun wirklich niemand gewollt, am wenigsten ich, denn ich mag es nicht, andere Menschen schlecht aussehen zu lassen.

»Du gehst schon? Wie schade!«, hatte Annika gerufen, als ich mich auf der Tanzfläche zu ihr durchgekämpft hatte, »ich hatte gehofft, dir noch ... meine Briefmarkensammlung zeigen zu können!«

Ich weiß nicht mehr genau, was den Ausschlag dafür gegeben hatte, dass ich ihr meinen Hotelzimmerschlüssel James-Bond-mäßig in die Hand gedrückt und »Komm nach!« gesagt hatte – ihr mehrdeutiger Spruch, ihr mehrdeutiger Blick oder das folgende mehrdeutige Küssen.

Und nun sitze ich vor dem Zimmer und warte. In keinem der Filme wird gezeigt, wie James Bond nach so einer Aktion wieder in sein eigenes Zimmer kommt. Wahrscheinlich residiert James Bond nur in Hotels mit Nachtportier. Sonst wären die Filme ja unrealistisch.

Ich stehe auf und stelle mich auf die Slam-Bühne hier im Flur und lese meine Diplomarbeit vor. Publikum und Jury besteht nur aus meinem Professor und der Zweitkorrektorin. Als ich fertig bin, klatscht niemand. Günther Jauch holt die Wertungen ein und ich bekomme zweimal null Punkte. Wegen Überziehung des Zeitlimits von sechs Monaten.

Als ich wieder aufwache, kommt Annika. Sie sieht mich auf dem Boden neben Zimmer 137 sitzen und lacht mich aus.

»Sieht ungemütlich aus«, sagt sie.

Eine kluge, scharfe Beobachterin. Ich spüre Verliebtheit und taste routinemäßig nach meinem Blinddarm, kann ihn aber nicht finden. Dann setzt sie sich neben mich auf den beigen Teppichboden. Das Hotel wirbt mit »70er-Jahre-Charme«, ich finde, es sollte mit 70er-Jahre-»Charme« beworben werden. Annika und ich machen weiter, wo wir in der Bar aufgehört haben, und sie zeigt mir ihre Briefmarkensammlung: zwei 60-Cent-Marken in ihrem Portemonnaie.

»Ich hätte da mal 'ne Frage«, sagt sie dann.

»Was für eine?«, frage ich.

»Haben Sie inzwischen den Weg zur Strumpfträger-Preisverleihung herausgefunden? Ich suche nämlich noch.« Annika ist nun Günther Jauch. »Wenn Sie's nicht wissen, können Sie auch jemanden anrufen oder das Publikum befragen!« Mein Professor und meine Zweitkorrektorin winken mit einem mehrdeutigen Grinsen aus ein paar Metern Entfernung.

»Ähm«, sage ich.

»Awesome, high five!«, sagt er und verschwindet.

Ich sitze neben Zimmer 137 auf dem Boden an der Wand und warte. Es ist kurz nach halb fünf Uhr nachts und das Hotel ist still bis auf das Surren der Leuchtstoffröhren an der Flurdecke. Eine flackert. Zum Beat in meinen Gedanken wühle ich in meiner Hosentasche und finde den Zimmerschlüssel.

Last Christmas

Eine Geschichte mit einer spannenden, überraschenden, aber sehr subtilen Wendung am Ende

Ich glaube nicht, dass jemals eine Geschichte ein gutes Ende genommen hat, deren Handlung mit den Worten »kann ja nicht so schwierig sein« begonnen hat.

»Kann ja nicht so schwierig sein«, sagt Oppa und steht mit dem elektrischen Messer vor der Weihnachtsgans.

Drei Stunden zuvor

Mein Bruder, meine Schwester, ihr Freund und ich sitzen im großelterlichen Wohnzimmer und wischen auf unseren Handys rum. Im Fernsehen läuft »Stirb Langsam« oder »Zombieland« oder »Kevin allein zu Haus« oder irgendein anderer Gewaltfilm und es ist Weihnachten.

Oppa kommt rein, schaut erst auf den lamettabehangenen Weihnachtsbaum, dann auf den Bildschirm und sagt: »Früher war mehr Loriot!« Ich sage: »Zicke Zacke Hühnerkacke«, halte mir die Augen zu und strecke die Zunge raus.[7]

....

7   Ich widme diesen Text übrigens der Familie Hoppenstedt.

Meine Schwester und ihr Freund streiten sich ein bisschen und das nicht nur, um in Weihnachtsstimmung zu kommen. Sie tun das gelegentlich, einfach um zu merken, dass sie noch leben, denn eigentlich sind sie ein klassisches Serienguck-Zombiepärchen. Womit ich nicht meine, dass sie Zombieserien gucken. Dann hätte ich Zombieserienguck-Pärchen geschrieben. Außerdem gibt es ja auch keine *guten* Zombieserien[8], was vielleicht daran liegt, dass es keine Zombie-Sitcoms gibt.

Meistens beginnen die Streits damit, dass meine Schwester provoziert. Letztens hat sie es geschafft, gleichzeitig ihren Freund, ihren Ex-Freund und unsere Mutter zu provozieren, indem sie, einfach mal aus Spaß, um die Reaktionen zu sehen, ein Bild eines positiven Schwangerschaftstests bei Facebook hochgeladen hat. Ihr Freund hat ihr dann zugesichert, dass sie das Kind gemeinsam aufziehen werden und dass er es eigentlich voll schön findet, Vater zu werden, auch wenn das so ja nicht eingeplant gewesen wäre und man ja vieles umschmeißen müsse, aber er das ihr zuliebe und des Kindes zuliebe natürlich tun würde. Ihr Ex-Freund hat ihr ganz genau das Gleiche gesagt. Dann haben sich alle ein bisschen gestritten. Für unsere Mutter war die Geschichte das finale Argument, dass Facebook doch irgendwie nichts für sie ist.

....
8   The Walking Dead: Nein.

Am Nachmittag gehen wir alle noch ein bisschen über den Weihnachtsmarkt: Oppa, Mutter, Vatter, Bruder, Schwester, Freund und ich. Wir streiten alle ein bisschen und freuen uns, dass Weihnachten ist. Weil wann sonst kann schon mal die ganze Familie auf einmal zum Streiten zusammenkommen. Mein Bruder beschwert sich, dass er friert. Opportunist, denke ich mir, ich hab mich schon übers Wetter beschwert, bevor es kühl war.

Süßsäuerlicher Glühweingeruch penetriert die kalte Dezemberluft hart und ejakuliert Dummheit in sie hinein. Um nicht allzu sehr mit Klugheit aufzufallen, holen wir uns erst mal alle einen Glühwein, rezitieren ein paar Verse Mario Barth und lachen viel. Es funktioniert, niemand beachtet uns, wir fügen uns in die Ansammlung dummer Menschen ein wie kluge Menschen, die sich dumm stellen, um sich in eine Ansammlung dummer Menschen einzufügen. Eine nicht weiter erwähnenswerte Frau spricht uns an – und sagt etwas Irrelevantes. Dann gehen wir.

Wieder im Großelternzuhause angekommen setzen wir uns ins Speisezimmer. Im Radio läuft »Last Christmas«. Immer diese leeren Versprechungen, denke ich mir, »Last Christmas«, dabei hatte ich mir 2011 ernsthafte Hoffnungen gemacht, dass es wirklich das letzte Weihnachten gewesen war. Weil Maya-Kalender und so.

Am Erwachsenentisch wird sich über Krebs, Nierensteine und bestickte Servietten unterhalten, am

Kindertisch über Bausparverträge und Zahnzusatzver-
sicherungen. Meine Schwester und ihr Freund streiten
ein bisschen, ob das Fleisch oder die Haut das Beste an
der Weihnachtsgans ist.

»Wer fehlt denn noch?«, fragt Oppa, weil noch ein
Platz am Erwachsenentisch frei ist.

»Omma ist tot, Oppa«, sagt meine Schwester.

»Oh«, sagt Oppa, »stimmt«, lacht ein bisschen und
macht den Weißwein auf. Die Sache hat sich in der Familie zum Running Gag entwickelt. Omma ist schon
vor drei Jahren gestorben. Oppa lebt heiter weiter, einfach weil er es nicht anders kennt. Überhaupt macht
er alles weiter wie bisher, weil er es nicht anders kennt,
weshalb regelmäßig ein Teller zu viel gedeckt ist. Fort-
schritt ist ein Fremdwort für Oppa, die rühmliche
»Ausnahme« ist das elektrische Messer, das er beim
Teleshopping bestellt hat. Weil Omma ihn nicht davon
abgehalten hat. Weil Omma tot ist.

Dann schneidet Oppa die Gans an (die übrigens fast
vegetarisch ist, weil bio). Es kreischt und plätschert
und knackt, als wenn jemand mit einem elektrischen
Messer eine Weihnachtsgans anschneidet.

Plötzlich nimmt die Geschichte eine spannende, über-
raschende, aber sehr subtile Wendung. Die Gans ist
ganz und gar nicht gar.[9] Oppa schneidet meinem Bru-

---

9   Das ist noch nicht die Wendung.

der mit dem elektrischen Messer den rechten Arm ab.[10] Oppa ist nun ein Zombie und sagt: »Gehirn« (was auch sonst). Aus dem Off kommen Lacher. Mein Bruder, der nun auch ein Zombie ist, muss lachen, weil ihn das Armabschneiden kitzelt. Dann nimmt er den abgetrennten rechten Arm in die linke Hand und sagt »Gehirn«, obwohl er wahrscheinlich »Arm« meint, aber nichts anderes sagen kann, weil er ein Zombie ist. Omma kommt rein, begleitet von Jubelschreien aus dem Off. Sie ist auch ein Zombie, natürlich, schließlich ist sie schon seit drei Jahren tot. Sie sieht auch nicht mehr so frisch aus. Sie schaut sich um und ruft in ihrem unvergleichlichen Dorf-Akzent: »Jehöörn!« Jubelschreie ertönen. Mein Zombie-Bruder haut mit seinem abgetrennten Arm auf der Gans rum, Oppa sägt an Vatter, der wiederum in die Gans beißt, während Mutter mit nach vorn gestreckten Armen in den Weihnachtsbaum taumelt und sich im Lametta verheddert. Meine Schwester und ihr Freund sitzen auf dem Sofa und gucken zu. Klassisches Zombieserienguck-Pärchen.

Mir wird einiges klar, Weltuntergang, Zombie-Apokalypse und das alles. Und Weihnachten überlebt. Na, halleluja. Ich möchte das kritisch jedoch humorvoll mit einem subtilen Witz anprangern und sage: »Gehirn«.

Aus dem Off kommen Lacher.

....
10 Das ist die Wendung.

Silvester

Im kleinen Kreis, so ganz gemütlich

Meine beiden Mitbewohner Nils und Anna, seit Kurzem zusammen, duschen seit Langem zusammen, während Bleu als erster Gast schon im Bademantel am Küchentisch sitzt, mit der einen Hand etwas umständlich rote und weiße Zwiebeln schneidet und mit der anderen auf seinem neuen Smartphone spielt. Ich schaue aufs Display und mache mich über seinen Jewels-Highscore lustig, der noch lange nicht an meinen heranreicht.

Annette, Peter und Martin sind gerade angekommen und betreten, alle im Bademantel, die Küche. Annette und Peter sind auch seit Kurzem zusammen, haben aber schon geduscht und sich zu Weihnachten das gleiche Smartphone gewünscht. Annette hat es bekommen, Peter nur den günstigeren Vorgänger. Martin hat schon lange ein iPhone und lässt keine Gelegenheit aus, sich über die ganzen »Smartphone-Newbies« lustig zu machen und sich zu beschweren, dass sie ihm Internet-Bandbreite wegnehmen.

Auf dem Herd brutzelt das Fleisch. Bleu steht inzwischen an der Pfanne und vermengt die roten und weißen Zwiebeln mit dem Hack, während er auf seinem neuen Smartphone das Rezept noch einmal durchliest und sich über Peter lustig macht, der nur ein altes neues Smartphone hat und sich damit keine Rezepte durchlesen kann, weil er nicht mal ins Internet gehen kann, weil er noch keinen passenden Vertrag hat und nicht 450 Euro bezahlen müssen will wie Bleu damals. Peter hört Bleu aber nicht zu, weil er gerade mit Annettes neuem Smartphone auf Facebook unterwegs ist und mit Martins Mitbewohner Boris chattet, während Annette mit Martins iPhone Fotos macht, die absichtlich so aussehen, als seien sie mit einer alten kaputten Filmkamera gemacht, falsch entwickelt und mit einer alten kaputten Filmkamera wieder abfotografiert worden, findet dann auf einmal Fotos von Martins Exfreundin, die Martin weder Annette noch sonst jemandem jemals zeigen würde, und schickt sie sich spaßhalber selbst per E-Mail, worauf ihr eigenes neues Smartphone in Peters Händen piepst und sie es ihm schnell wegreißt, damit er die E-Mail nicht liest, worauf Peter »Ey« sagt, worauf Bleus neues Smartphone piepst und er, gerade als Nils und Anna händchenhaltend und in Bademantel die Küche betreten, verkündet: »Essen ist fertig, es gibt Hack.«[11]

....

[11] Wahrscheinlich der beste Satz, den ich je geschrieben haben werde.[11.1]

    [11.1] Ich mag Futur II.[11.1.1]

        [11.1.1] Und Fußnoten.

Alle finden das Essen, also was es zu Essen gibt, sehr lecker und das Essen, also den Akt des Essens, sehr schön, Martin findet sogar das Essen, also was es zu Essen gibt, sehr schön und fotografiert es mit seinem iPhone, um das Foto über Facebook an seinen Mitbewohner Boris zu schicken, was Annette albern findet, weil Martins altes iPhone gar keinen Blitz hat und die Bilder so ja nichts werden können, und ist ein bisschen betrübt, weil sie Martin nicht einfach ihr neues Smartphone anbieten kann, was einen echten Blitz hat, da es an der Anlage hängt und für Hintergrundmusik sorgen muss, weil Radio doof ist, was nicht bedeutet, dass Annettes neues Smartphone keine Radiofunktion hat, was es nämlich wohl hat, wie sie nicht müde wird zu betonen.

Nach dem Essen gehen Nils und Anna erst mal duschen, während ich den Jägermeister und Plastikschnapsbecher hole und Bleu, Annette und Martin, nicht aber Peter, der kein Internet hat, mit ihren neuen Smartphones um die Wette nach einem für den Abend passenden Trinkspiel suchen. Nach einem kurzen Streit darüber, ob nicht eigentlich alle Trinkspiele irgendwie passend für immer seien und ob nicht irgendwer seine Internetverbindung endlich mal mit Peter teilen könne, entscheiden wir uns für ein passendes Trinkspiel mit Karten und Jägermeister. Ziemlich schnell werden alle betrunken, weil man erst Peter dann mir dann Bleu dann Annette nicht mehr in die

Augen gucken, erst Martin dann Peter dann mir dann wieder Martin keine Fragen mehr beantworten und überhaupt nur noch die linke Hand zum Trinken und das Wort trinken generell nicht mehr benutzen darf, alle das alles ständig vergessen und ständig trinken müssen, ausgenommen Nils und Anna, die duschen.

Gegen elf Uhr verliert das für diesen Anlass wirklich ganz schön passende Trinkspiel seinen Reiz und wir beschließen in größerer Runde, denn Nils und Anna stoßen gerade wieder zu uns, Strip-Flaschendrehen zu spielen. Bleu beschwert sich, dass Strip-Flaschendrehen doch viel zu schnell gehen würde, wenn eh alle nur einen Bademantel anhätten, oder ob wir etwa was drunter hätten, worauf wir Bleu fragen, ob er etwa nichts drunter hätte, worauf er uns als Pussys beschimpft und fluchend ins Badezimmer verschwindet, um sich Unterwäsche anzuziehen.

Auf Facebook steht kurze Zeit später: »Nils, Anna, Marvin, Annette, Peter und Martin sind Pussys.«

Statt einer Flasche drehen wir Martins iPhone mit gestarteter Kompass-App, auf wen die Kompass-Nadel nach dem Drehen zeigt, der muss ein Teil ausziehen. Sie zeigt ausnahmslos immer auf Bleu, wogegen er nur zögerlich protestiert, da er neben Unterwäsche auch mehrere Sockenpaare, Hosen und Pullis aus meiner Kommode unter den Bademantel gezogen, sowie Handschuhe, Mütze und Ski-Brille aufgesetzt hat. Keine Ahnung wo er die gefunden hat. Irgendwann ist er trotzdem nackt, aber wir gestehen ihm zu, ein Körperteil seiner Wahl mit seiner Smartphone-Hülle zu bedecken.

Der Lärm der Böller und Raketen draußen erinnert uns daran, dass Silvester ist, ein Blick auf unsere neuen Smartphones erinnert uns daran, dass es schon nach zwölf Uhr ist. Annette flucht, dass sie sich von dem Geld, das sie durchs Keine-Böller-Kaufen gespart hat, nicht die Countdown-App geleistet hat, Bleu besänftigt sie, er hätte sie ausprobiert und sie sei langweilig. Da wir alle nur Bademäntel anhaben, bis auf Bleu, der noch immer nur mit der Smartphone-Hülle am Fuß bekleidet ist, es draußen ziemlich kalt ist und wir neben ziemlich betrunken auch ziemlich faul sind, verzichten wir aufs Rausgehen und schauen uns das Feuerwerk vom Fenster aus an. Annas Kopf liegt an Nils' Schulter, Annettes Kopf an Peters, Martins Gesicht über Bleus neuem Smartphone, der ihm sein animiertes Feuerwerk-Hintergrundbild zeigt.

Nils, Anna, Bleu, Annette, Martin, Martins Mitbewohner Boris und mir gefällt das. Peter theoretisch auch, aber erst, wenn er wieder Internet hat.

Nils und Anna entschuldigen sich, sie müssen mal duschen gehen und ich mache das gleiche, was ich den ganzen Abend schon gemacht habe: Notizen für diesen Text in mein neues Smartphone tippen.

Frohes Neues.

Von Hefeweizen und Zeitreisen

Jede Nacht um 00:42 Uhr geht in diesem Geschäft auf der anderen Straßenseite das Schaufensterlicht aus.

Natürlich weiß ich nicht, ob jede Nacht, schließlich sitze ich nicht jede Nacht an diesem Tresen, aber in den Nächten, in denen ich hier sitze, geht im Geschäft gegenüber um 00:42 Uhr das Licht aus. Wenn genau in dem Moment, in dem das Licht erlischt, eine Person vorbeiläuft, sieht man sie für den Bruchteil einer Sekunde nicht mehr, bis sich die Augen wieder an das Licht gewöhnt haben.

In jenem Sekundenbruchteil stelle ich mir gern vor, dass sie aus dem Raum-Zeit-Kontinuum verschwindet und eine Zeitreise antritt, wie Marty McFly und Doc Brown, wenn der DeLorean die richtige Geschwindigkeit erreicht. Ich mag diesen Gedanken, ich finde sowieso, dass Erinnerungen Zeitreisen in die Vergangenheit sind und das Leben an sich eine sehr, sehr langsame Reise in die Zukunft (eine Stunde pro Stunde).

Das Geschäft gegenüber gehört einem alternativen Uhrmacher. Ich habe dort einmal eine Digitaluhr gekauft, die ich eigentlich nur trage, weil sie schön ist. Sie ist alternativ in dem Sinne, dass ich sie nicht zu Hilfe nehmen kann, um, sagen wir, pünktlich den Weg zum Bahnhof anzutreten oder Nudeln al dente zu kochen. Sie läuft schnell, langsam, vorwärts, rückwärts, zufällig oder einfach gar nicht, je nach Tageslaune. Wobei der Begriff »Tageslaune« eigentlich schon zu viel Regelmäßigkeit unterstellt. Aber die Uhr ist wirklich schön.

Die Kneipe, in der ich wie in so vielen Nächten sitze, hat einen Tresen am Fenster. Man kann hier Hefeweizen trinken, Weißweinschorle, oder ein beliebiges Getränk mit »bio«, während man den ein oder anderen Ellenbogen abstützt und hinausschaut. Ich tue genau dies, sehe schemenhaft und halbtransparent mich selbst, die leere Fußgängerzone und das Schaufenster des Uhrmachers gegenüber. Die Uhren dort zeigen alle so etwas Ähnliches an wie Zeit.

Von rechts oben kommt eine schöne Frau herabgeschritten. Ihr Haar mag rot sein, schwarz oder blond, das Licht der entfernten Straßenlaternen und des Uhrmacherschaufensters macht es orange schimmernd. Als sie gerade vor dem Schaufenster entlangläuft – bleibt das Licht an. Und ich werfe mein Getränk um.

Augenblicke später öffnet sich die Tür, die schöne Frau tritt ein, bestellt ein beliebiges Getränk mit »bio« und setzt sich neben mich an den nassen Tresen. So etwas passiert oft in meinen Geschichten, also dass sich schöne Frauen neben mich setzen, und meistens stimmen diese Geschichten nicht. Wobei die Frau bei näherer Betrachtung auch nur noch relativ schön ist.

Ich bestelle ein neues Hefeweizen und frage sie, ob sie an Zeitreisen glaubt. Sie schaut mich entgeistert an, als würde sie erwarten, dass ich nun sagen würde »... ich komme nämlich aus der Zukunft um dich zu retten« oder »... ich bin nämlich in einer Zeitschleife gefangen und nur du kannst mich befreien, indem du mit mir schläfst«. Sie wendet sich wortlos ab und lässt beliebiges Getränk mit »bio« den Strohhalm hinaufwandern.

Ich bin ein bisschen beleidigt, dass mir so etwas auf den ersten Blick zugetraut wird. Ich bin nicht der Typ für Anmachsprüche und wenn doch, dann nicht für solche. Vielleicht würde ich erzählen, dass ich mal in einer Band gespielt habe, Indie-Rock mit gesellschafts-kritischen Texten oder so, keine Ahnung. Ich nehme einen großen Schluck frisches, kaltes Hefeweizen, dann noch einen, dann schaue ich auf meine Uhr, die sehr schön aussieht, aber selbst der Füllstand meines Glases ist ein besserer Zeitindikator. Dabei ist Zeit unter Alkoholeinfluss noch viel relativer als sowieso schon. Dann schaue ich die *relativ* schöne Frau wieder an und sage: »Ich hab übrigens mal in 'ner Band gespielt.«

»Aha«, sagt sie, und setzt, wohl aus Höflichkeit, nach: »Und in was für einer?«

Erinnerungen an meine tatsächliche Bandvergangenheit brechen über mich herein. Erinnerungen an meine alte Death-Metal-Band, die, demokratisch gewählt, also drei Stimmen gegen meine, den Namen »Brainfuck« bekam.

Erinnerungen an unsere wodkareiche Bandgründung (oder zumindest Teile davon), die erst Anlass gewesen war, unsere Instrumente zu lernen, daran, dass unserem Bassisten ein einsaitiger Bass gereicht hätte, mir eine dreisaitige Gitarre, und wie unsere erste Gage komplett dafür draufging, dem Veranstalter die Felle zu ersetzen, die unser Schlagzeuger zerdroschen hatte.

Ich erinnere mich, wie der Coolness-Faktor »Band« bei den Mädchen der Stufe durch unseren »Sänger« in Grund und Boden gegrölt und gegrunzt wurde.

Ich erinnere mich an sein erstes Interview, als er nach unserem ersten Auftritt im evangelischen Jugendzentrum sturzbetrunken der »Presse« (also dem vierteljährlich erscheinenden Gemeindereport) erklärt hatte, dass »Brainfuck« ja ein voll gesellschaftskritischer Name sei, »weil die Gesellschaft, die fickt dein Gehirn«.

Ich erinnere mich an unsere Groupies, männlich und übergewichtig und einer an der Zahl, der vor der Bühne die mutig hüpfenden Unterstufen-Jungs auseinandernahm und hinterher mit uns im Backstage-Raum über aktive und passive Tonabnehmer und die Vorteile von Röhren- gegenüber Transistorverstärkern diskutierte. Und wie wir kein Wort davon verstanden hatten, während ich mit meiner Pentagrammhalskette – aus dem EMP-Katalog – die auch ein Flaschenöffner war – mehr Freibiere öffnete, als ich trinken konnte.

Ich erinnere mich daran, dass ich wohl nicht mal mit meiner späteren langjährigen Freundin zusammengekommen wäre, wenn sie am Abend, als wir uns kennengelernt haben, pünktlich aufgekreuzt wäre. Und nicht erst nach dem Brainfuck-Auftritt.

Ich schwimme und verschwimme in den Erinnerungen an diese Zeit, die eigentlich so scheiß gut war, obwohl wir so scheiße waren, als die *relativ* schöne Frau noch einmal fragt:

»In was für 'ner Band hast du gespielt?«

Mein Blick verweilt in meinem restschluckvollen Hefeweizenglas.

»Och, so Indie-Rock mit gesellschaftskritischen Texten und so«, sage ich.

»Hm«, sagt sie. »Klingt langweilig.«

»Stimmt«, sage ich. Dann schaue ich auf meine Uhr, die gerade von 03:09 Uhr auf 12:73 Uhr springt, leere mein Glas, zahle und verlasse die Kneipe. Als mir das Schaufenster des alternativen Uhrmachers ins Auge fällt, geht das Licht aus.

Das Spiel mit dem Feuer

Ich sitze in der Küche, trinke Kaffee ohne Milch und Zucker, weil beides alle, und schaue aus dem Fenster, als mein Mitbewohner Nils reinkommt, noch ganz verschlafen, und sich zu mir setzt. Er spiele mit dem Gedanken, heute Abend zu Flos WG-Party zu gehen, sagt er in seinem flämischen Akzent, wisse aber noch nicht genau und was denn meine Meinung dazu sei. Ich setze zur Antwort an.

»Flos WG-Party? Na ja, da gehste hin, trinkst Bier, isst Nudelsalat, sagst ein paar Leuten Hallo, dann setzte dich auf die rote IKEA-Couch in der Ecke neben dem Tischchen mit der Lava-Lampe, trinkst Bier und sitzt rum, die Hände in den Hosentaschen, wo du mit der einen am Feuerzeug rumspielst, mit der anderen am halblosen Akkudeckel vom Handy. Sitzt rum, weil im anderen Zimmer tanzen willste nicht, erst recht nicht auf Deichkind, willste nicht, weil ist nicht dein Stil, scheiß Musik darf man nicht auch noch unterstützen. Dann sitzt du da alleine rum und machst nix, bis dich irgendwann 'ne hübsche junge Frau anspricht, blonde Locken, süßes Gesicht, grüne Gummistiefel, und fragt, ob sie sich neben dich setzen dürfe, tanzen sei nicht ihr Stil, erst recht nicht auf Deichkind, dürfe man nicht auch noch unterstützen diese Musik. Du sagst ›klar‹ und auf die Frage, wer du seist, holste dein Feuerzeug raus, an dem du in der Tasche die ganze Zeit rumgefriemelt hast, und sagst: ›Ich bin der, der mit dem Feuer spielt!‹ Wollteste schon immer mal sagen und sie findet das auch noch irgendwie süß und lustig, sagt, dass sie Mareike heißt und dann unterhaltet ihr euch nett und trinkt Bier, und dann knutscht ihr und trinkt Bier und knutscht noch mehr und dann nimmste sie und Bier mit nach Hause, ohne irgendwem tschüss zu sagen, weil eh alle noch mit Deichkind tanzen im anderen Zimmer oder Nudelsalat kotzen auf dem Klo beschäftigt sind.«

Nils scheint inzwischen wach geworden zu sein und starrt mich mit aufgerissenen Augen an.

»Und am nächsten Morgen ist sie dann immer noch da und du holst Brötchen und Kokoscreme und freust dich, auch mal 'nen One-Night-Stand gehabt zu haben. Aber nur bis zum nächsten Tag, weil dann ist sie immer noch da und das zwischen euch schon rein mathematisch kein One-Night-Stand mehr, also beschließt ihr, jetzt zusammen zu sein und seid auf einmal sehr verliebt. Dann hängste nur noch mit ihr rum und nicht mehr mit deinen Freunden, warum auch, mit denen kannste ja nicht knutscheln und mit Mareike schon, knutscheln bei ihr oder knutscheln bei dir, knutscheln = knutschen+kuscheln, ist einfach einfacher, nur ein Wort als Antwort ins Handy zu tippen auf die Frage: ›Heute Abend?‹ Dann knutschelt ihr und macht Liebe, und dann schläft sie mit ihrem Kopf auf deinem Bauch zum beruhigenden Gluckern deiner Verdauung ein.

Ihr schreibt euch Liebesbriefe und schenkt euch ganz tolle, romantische Sachen, am Eintägigen, Einwöchigen, Zweiwöchigen, Einmonatigen, Anderthalbmonatigen und Eindreiviertelmonatigen, und dann verliert ihr irgendwie die Lust daran, was dir ganz gut in den Kram passt, weil du die Messlatte am Anfang irgendwie ganz schön hoch gesetzt hast und dir was Kreativeres als McDonald's-Gutschein so langsam auch nicht mehr einfällt.«

Bemerke, dass Nils was sagen will, ist mir aber egal.

»Abends im Bett liegt ihr nur noch nebeneinander rum und lest, und wenn sie fertig ist, sagt sie dir: ›Gute Nacht, ich liebe dich‹, und du ihr: ›Hm-hm-hm-hm‹, weil du zu faul bist, für die Worte ›Ich dich auch, Schatz‹ den Mund aufzumachen. Irgendwann sagt sie's nicht mehr und fragt nur noch, ob sie das Licht schon mal ausmachen kann oder ob du vor dem Schlafen noch irgendwas auf ihr machen willst. Und manchmal machst du dann noch irgendwas auf ihr und hoffst, dass sie versteht, dass du halt einfach unfähig bist, ›Liebe‹ anders auszudrücken.

Und weil ihr nichts mehr zusammen macht, obwohl ihr euch immer seht, machst du irgendwann ganz viel mehr mit Anna, der Kellnerin im Hinkelstein, von der Mareike nicht weiß, dass sie früher mal deine Flamme war, und Mareike macht auf einmal ganz viel mit diesem drecksbraungebrannten und von Muskeln verunzierten Hannes, von dem du weißt, dass er mal mit ihr zusammen war, aber inzwischen zwischen den beiden ›alles cool‹ ist, ist dir aber irgendwie auch egal, weil wenn sie Schluss macht, musst du's wenigstens nicht machen.

Und dann macht sie Schluss und du merkst, dass es dir doch nicht so egal ist, und willst als Trauerbewältigung mit Anna knutschen, die will aber nicht, weil sie dachte, du seist anders und ihr nur Freunde, was ihr aber unter den Umständen dann auch nicht mehr seid.

Die gemeinsamen Freunde von dir und Mareike hat dann alle Mareike mitgenommen, leider auch die hübschen weiblichen, und wenn du dich dann wieder an deine richtigen Freunde erinnerst, können die sich irgendwie nicht mehr an dich erinnern, und selbst deine Mutter hat noch mehr Kontakt zu Mareike als zu dir.

Und dann stehst du da, in 'nem halben oder anderthalb oder sechseinhalb Jahren, vor dem scheiß Trümmerhaufen, der mal dein scheiß Leben war, und wünschst dir, nie auf Flos scheiß WG-Party gegangen zu sein.«

Nils starrt mich verstört an, ich trinke den letzten Schluck kalten Kaffee ohne Milch und Zucker, weil beides alle, und starre zurück. »Was!?«

Nils sagt, dass er mit »was denn meine dazu Meinung sei« eigentlich nur gemeint hatte, ob ich denn mitkommen würde.

Abends sitze ich betrunken in Flos Zimmer auf der roten IKEA-Couch neben dem Tischchen mit der Lavalampe, Hände in den Taschen und im Nebenraum läuft Egotronic, als sich eine hübsche junge Frau neben mich setzt – kurze Haare, schönes Lächeln –, sagt, dass sie keinen Bock auf Tanzen habe bei der doofen Musik, und mich fragt, wer ich denn überhaupt sei.

»Ich? Ich bin ... der, der mit dem Feuer spielt!«

Von irgendwo ertönt ...

Ich stehe am weißen Keramikgefäß, das an der schwarzen Wand angebracht ist und Erleichterung verspricht. Ich spüre den Drang in mir aufsteigen und freue mich schon mal vor, gleich meine vom Bier zum Bersten gefüllte Blase zu erleichtern – manchmal kann Pinkeln so schön sein wie Sex.

Im vielleicht aus hippen Designgründen herzförmigen Pissoir hängt ein grasgrünes Plastikgitter mit Fußballtor und einem kleinen Ball an einer Schnur, den man ins Tor pinkeln kann, würde mich nicht wundern, wenn aus irgendeinem versteckten Lautsprecher Applaus ertönt, wenn man das Tor trifft. Das bisschen Wasser, das im Becken steht, ist blau und ich habe das feste Vorhaben, es grün zu färben.

Es ist Nacht und spät, keine Ahnung wie spät genau. Ich bin viel zu betrunken und sollte längst nach Hause gegangen sein, bin aber irgendwie noch in dieser Fußballkneipe gelandet. Eigentlich eine ziemliche Absteige, das Designerklo formt einen seltsamen Kontrast. Der Moment meiner Erleichterung scheint beinahe gekommen, da wird die Geräuschkulisse hinter mir lauter.

Die Tür öffnet sich.

»Alter!«, ruft der Typ, der reinkommt, »was 'n Ding!«

Ich schaue kurz an mir herab, dann mache ich mir klar, dass er wohl gerade ein gutes Tor gesehen haben muss.

»Hi!«, sagt er, und stellt sich ans Pissoir direkt neben meinem.

»Nein!«, sage ich, vielleicht etwas zu laut.

Er wechselt ein Pissoir weiter nach links. Ich übe seit einiger Zeit das Neinsagen und schieße damit vielleicht manchmal übers Ziel hinaus. Früher konnte ich gar nicht Nein sagen, weshalb ich mit meiner Exfreundin überhaupt erst zusammengekommen war. Das volle Programm: Knutschen? Ja. Petting? Ja. Sex? Ja. Gemeinsame Wohnung, Möbel, Katze? Ja, ja, ja. Dabei bin ich allergisch gegen Katzen. Ich bin erst aus der Geschichte rausgekommen, als sie in einem Moment der Selbstzweifel mal gefragt hatte, ob ich nicht auch glaubte, dass wir eigentlich überhaupt nicht wirklich zusammenpassten und uns vielleicht lieber trennen sollten.

»Ja«, hatte ich wieder geantwortet, dabei passten wir eigentlich schon ganz gut zusammen: Wir hatten das gleiche Handynetz, ... – Aber vorbei ist vorbei.

Mein Körper entscheidet inzwischen offenbar, dem Urinal-Fußball doch noch eine Gnadenfrist zu verschaffen. Der Typ neben mir schweigt. Eine ganze Weile stehen wir mit einem Pissoir Abstand voneinander herum und es passiert nichts, kein Ball in kein Tor, kein Applaus aus keinem Lautsprecher.

Ich tue mich oft schwer mit dem Pinkeln. Zum Beispiel auch in Zugtoiletten – ich habe da immer Angst vor einem Zugunglück, während ich auf der Toilette sitze. Man stelle sich das nur mal vor, man wird später geborgen, tot oder lebendig, das ist für die Argumentation eigentlich völlig egal, mit heruntergelassener Hose und ist von oben bis unten mit Urin besprenkelt. Wie das aussähe.

»Na, Pissblockade?«, reißt der Typ zwei Pissoirs neben mir mich aus meinen Gedanken.

»Nein!«, sage ich. Und lüge.

»Kenn ich, wurmt mich jedes Mal aufs Neue«, sagt er – und pinkelt nicht. »Bin dann immer dazu geneigt, meinem Penis die Schuld zu geben, dabei mag ich ihn ja eigentlich.«

›Aha ...‹, denke ich und überlege, ob es in der Psychologie wohl einen Fachbegriff für ein Pinkeltrauma gibt.[12] Ich versuche verzweifelt, ganz achtsam an den Urin in mir zu denken, der in die Freiheit entlassen werden will, wie er sich seinen Weg bahnt und ...

»Ich hab einen sehr schönen Penis«, sagt der Typ. Und ich pinkle nicht. »Und ich kann echt gut küssen. Meine besten Eigenschaften, und trotzdem bin ich Single, aber klar, fang so mal 'n Gespräch mit 'ner hüb-

----

12   Gibt es: »Paruresis«

97

schen Frau an: ›Ich hab einen sehr schönen Penis und kann echt gut küssen.‹«

»Kenn' ich«, sage ich, und möchte hier einfach mal offen lassen, ob ich lüge. Ich überlege, meine Tore abzubauen. Andererseits: Es ist Nacht und spät, keine Ahnung wie spät genau, und ich bin betrunken.

»Tschudigung, dass ich eben so energisch ›Nein!‹ gerufen habe, ich übe noch«, sage ich, »und du scheinst ja ein netter Typ zu sein. Und siehst auch echt süß aus.«

Ich wechsle ein Pissoir auf ihn zu. Ihm scheint etwas unwohl zu werden. Ich lege meine Hand auf seine Schulter.

»Ähm«, fragt er mit zerbrechlicher Stimme, »b-bist du – bist du – bist du – also bist du irgendwie – also bist du vielleicht schwul oder so?«

»Wieso, hast du was gegen Schwule?«

»Ja, äh, nee, also Schwule können von mir aus machen, was sie wollen, nur halt nicht mit M-Männern ...«

»Na ja, ich überlege ernsthaft, den Frauen abzuschwören und umzusatteln, ich hatte vor ein paar Tagen einen furchtbaren One-Night-Stand mit so 'ner Frau, der war Ausschlag gebend.«

»Dafür, dass du umsatteln willst?«

»Nee, einfach nur *Ausschlag gebend*«, sage ich, »willste mal sehen?«

Er packt hektisch ein und verlässt die Toilette unverrichteter Dinge. Ich wende mich wieder dem Pissoir zu, der Ball wird ins Tor gedrückt, das blaue Wasser wird grün und ich fühle mich frei. Von irgendwo ertönt Applaus.

Aufwachen

Irgendwie hatte ich das Gefühl, dass Gandhi absichtlich verlor. Klar, gewaltfreier Widerstand und so, aber bei »Mensch ärgere dich nicht«? Ich ärgerte mich, meine schönen bemalten Gummistiefel und meine Seele auf den Falschen gesetzt zu haben und –

wachte auf.

Es war dunkel und ich wusste nicht, wo ich war. Ich griff unter mein Kissen. An seinem vertrauten Nachtplatz fand ich mein Handy. Mittels GPS-Funktion fand ich heraus, dass ich mich zu Hause in meinem eigenen Bett befinden musste. Das beruhigte mich, zugleich beunruhigte es mich aber auch: Wie war ich hier hergekommen?

Der SMS-Speicher konnte mir nicht weiterhelfen. Nur eine einzige von meiner Freundin heute Morgen: »Ich hasse dich, geh sterben.«

Okay, Exfreundin.

Ich wunderte mich nicht besonders darüber, wusste aber nicht genau, warum ich mich nicht besonders darüber wunderte, denn gestern waren wir eigentlich noch glücklich und verliebt und vor allem zusammen gewesen, und irgendwie kam mir ihre Wortwahl schmerzlich bekannt vor.[13]

Ich stand auf und weckte auch meinen Computer. Meine tägliche »To-do-Liste« ploppte auf: »Duschen, Kaffee, Frühstück, Stuhlgang« waren die ersten Punkte. Ich stand auf, um sie abzuarbeiten.

Wasser kalt, Kaffee alle, Toastbrot verschimmelt, Stuhlgang erfolglos, prima. Ich hakte die Punkte trotzdem alle ab, und die Software übertrug die Ergebnisse automatisch zu MySpace und ins StudiVZ.[14] Ich machte mir nicht die Mühe, die Einträge zu korrigieren, mein Privatleben geht schließlich keinen was an.

Während ich meinem knurrenden Magen eine Banane und einen Joghurt zum Fraß vorwarf, Dinge, die meine Freundin, also Exfreundin, hier deponiert hatte, kehrten langsam meine Erinnerungen an den gestrigen Abend zurück.

Ich war im Delirium gewesen, der Kneipe nebenan, und hatte versucht, etwas zu Papier beziehungsweise

....

13   Wenn du es ganz genau wissen willst: Suche das Inhaltsverzeichnis, suche dann die Geschichte »Liebe ist ...«, gehe dann auf die dritte Seite und suche nach entsprechender Formulierung. Hier einfach nur die Seitenzahl anzuführen, wäre zu einfach, es soll ja auch eine Herausforderung sein.

14   Antike *social networks*. So etwas wie Facebook. Dies ist eine sehr alte Geschichte.

zu Laptop zu bringen. Als ich selbigen nach wenigen schlechten Zeilen und vielen Bieren frustriert zugeklappt hatte und gerade gehen wollte, hatte Michelle das Delirium betreten.

Michelle war die beste Freundin meiner Freundin, also Exfreundin, konnte nichts für ihren Namen und war sehr nett. Der Dichter in mir hatte sie poetisch begrüßen wollen:

»Düster mein Abend,
doch dann kommt Michelle
und macht ihn hell.«[15]

Die Angesprochene, inzwischen an meinem Tisch sitzend, hatte darüber laut gelacht, sich die Haare zurückgestrichen, ihre Hand auf meine Hand gelegt und mir ein völlig unerwartetes »Manchmal bist du echt gar nicht so ein Vollidiot!« entgegengeworfen. Ich bestellte mehr Bier.

Das Letzte, woran ich mich erinnerte, war, dass wir genug getrunken hatten, um eine große Dummheit zu begehen, die die SMS von heute Morgen mehr als rechtfertigte und doch wenig genug, dass ein für diese Dummheit essentieller Teil meines Körpers noch mitspielen konnte.

....
15   Ein anschauliches Beispiel dafür, warum der Dichter in
      mir lieber Geschichten schreibt.

Ich fühlte mich schuldig, aber weil ich mich neben schuldig auch irgendwie bad-ass-mäßig fühlte, warf ich den Joghurtbecher in den Restmüll und die Bananenschale in den gelben Sack. Ha.

Ich stand auf, um am Computer bei einer Partie Solitär darüber nachzudenken, wie ich das wieder geradebiegen konnte, als es klingelte. Ich öffnete, erkannte meine Freundin, also Exfreundin, und konnte nicht so schnell »Ich liebe dich!« sagen, wie sie mich ins Gesicht boxte. Ich taumelte zurück, stolperte über mein WLAN-Kabel und schlug mit dem Hinterkopf auf der spitzen Ecke des StudiVZ auf.

Ich wachte auf. Es war blendend hell und ich wusste nicht, wo ich war. Mittels GPS-Funktion meines Handys fand ich heraus, dass ich mich im Himmel befinden musste. Wie war ich hier hergekommen?

Als sich meine Augen an das helle Licht gewöhnt hatten, stand ich auf. Ich befand mich auf einer fluffigen Wolke, vor mir stand eine Tür mit Türrahmen einsam und ohne Wand in der Gegend rum. Ich vernahm eine Stimme.

»Manche wollen das so, mit der Tür und so. Ich halte das ja für eine doofe Idee, aber so ist das mit der Demokratie, die Masse ist eben dumm und will ein ›Heaven's Door‹, wo man dran knock-knock-knocken kann, und auf einmal steht eine sinnlose Tür an meinem Arbeitsplatz. Bescheuert, sag ich dir, aber mich fragt ja keiner.«

Die Stimme gehörte einem Mann mit Rauschebart. Er trug einen Bademantel mit Namensschild »Petrus«.

»Ich weiß, dass ihr da unten denkt, das sei mehr Monarchie als Demokratie hier oben, mit Gott als Chef und so, würde gern mal wissen, wer solchen Mist verbreitet. Eigentlich hat der überhaupt nichts zu sagen und mehr so Maskottchen-Funktion, das ist wie mit dem McDonald's-Clown, nur irgendwie anders.«

Ich versuchte zu klären, warum ich hier war.

»Na ja, du hast deinen Aufenthalt ohne Online-Check-in gebucht, hoffe ich zumindest. Sonst hab ich hier wieder den Ärger am Hals, dann hättest du den anderen Eingang nehmen müssen, aber ich darf dich ja nicht zurückschicken, da müsste ich dann wieder Jesus rufen, der ist hier für die Sonderfälle zuständig, und der würde dann wieder alle mit seiner Laune runterziehen. Kann ich ja verstehen, der Junge will seit knapp 2000 Jahren mal wieder Urlaub machen, muss aber pausenlos Umbuchungen durchführen, weil er der einzige hier mit Administrator-Rechten ist ...«

Mit viel Mühe schaffte ich es, Petrus zu unterbrechen. »Nein, ich hab nicht mit Online-Check-in gebucht, glaube ich jedenfalls, ich will wissen, warum ich *im Himmel* bin. Ich hab nie gebetet und so, und konfirmieren lassen hab ich mich auch nur fürs Geld ...?«[16]

....

16   Statt des üblichen, geheuchelten »Ich will in die Gemeinde aufgenommen werden« war damals im Konfirmationsunterricht meine Antwort auf die Frage, warum ich mich

»Ach so, das meinst du, ja, da hast du recht, bist nicht gerade der Musterkandidat für eine Ewigkeit im Himmel. Aber wenn du hier Schwefelgeruch und Feuer und Schmerz und so erwartet hast, muss ich dich enttäuschen, die Abteilung mussten wir leider dichtmachen, als die neuen Brandschutzbestimmungen in Kraft getreten sind. Inzwischen läuft das hier so wie mit der Abfalltrennung bei euch unten, am Ende wird doch alles zusammen geschmissen.«

Durch die offene Tür sah ich Gandhi mit Hitler »Mensch ärgere dich nicht« spielen.

Ich wachte auf.

Ich hob meinen Kopf von der Tastatur. Ich saß im »Delirium« und hatte 27 Seiten geschrieben. Leider nur einen Buchstaben. Am Nachbartisch saßen Gandhi und Hitler und spielten »Mensch ärgere dich nicht«.

Ich wachte auf. Es war dunkel, und ich wusste nicht, wo ich war. Ich knipste das Licht an. Ich lag in meinem Bett. Neben mir lag niemand.

....

konfirmieren lassen will: »Ich will mir einen Computer kaufen.« Der Pfarrer entgegnete daraufhin, dass ich es gleich bleiben lassen könne, wenn das mein einziger Grund sei. Was ich unlogisch fand, wovon hätte ich mir dann einen Computer kaufen können?

Spaß mit Menschen[17]

Ich solle ruhig mal ein bisschen mehr aus mir rausgehen, hatte sie gesagt. Einen Abend wenigstens.

Was das heißen solle, hatte ich gefragt. Ob sie
nicht möge, wer ich sei. Je mehr ich aus mir heraus-
ginge, umso weiter entfernte ich mich doch von mir
selbst.

Niemand möge Besserwisser, hatte sie gesagt.

Ob sie übrigens wisse, dass »Besserwisser« auf
schwedisch »Besservisser« heiße, hatte ich gefragt.

Ob ich gern ihre Cola im Gesicht hätte, hatte sie gefragt. Und es tue ihr Leid, aber ich müsse ihr einfach
zeigen, dass ich mich noch gehen lassen könne, so wie
anfangs, sonst würde sie mich gehen lassen. Ich weiß
nicht mehr, wie lange »anfangs« her war, aber sie hatte schon diverse Male ihre abgenutzte Zahnbürste bei
mir gegen eine neue ausgetauscht.

....

17 Beim Probevortrag dieses eher bösen Textes vor meiner
    Mitbewohnerin hat diese mir an einer Stelle einen Hello-
    Kitty-Schminkspiegel an den Kopf geworfen (der übrigens
    mein eigener war, aber das ist eine andere Geschichte, und
    soll ein andermal erzählt werden).

Es gebe auch noch andere Menschen außer mir, ich solle einfach mal Spaß haben mit anderen Menschen, hatte sie dann gezischt.

Alle Menschen seien verachtenswert, hatte ich entgegnet, bei manchen merke man es bloß erst später als bei anderen.

Ich sei ein Arschloch, hatte sie gesagt.

Ich hätte mich nicht ausgeschlossen, hatte ich gesagt.

Ich verliere mich in dieser Erinnerung an gestern oder letzte Woche, während eine junge Frau vor mir steht, die mir irgendetwas entgegenschreit. Ich verstehe sie nicht, weil die Beatsteaks, die dumpf aus den Boxen dröhnen, lauter sind. Es ist mir egal, dass ich sie nicht verstehe, denn es interessiert mich nicht, was sie schreit.

Mit einem Beck's in meiner rechten Hand hatte ich gerade noch an einem quadratischen Stehtisch gelehnt. Dann war ich, um guten Willen zu zeigen, aus mir heraus und drei Schritte vom Tisch weggegangen und hatte diese Frau, die zufällig vier Schritte vom Tisch entfernt stand, angesprochen. Sie sieht individuell aus wie alle anderen hier und hält sich an einer Flasche Beck's fest. Es gibt hier nur Beck's. Alle lieben Beck's und deshalb muss ich Beck's trinken.

Auf meiner eigenen Ersti-Party vor achteinhalb Jahren hatte ich mit einem Beck's in der Hand an einem runden Stehtisch in der Ecke gestanden. Ich hatte austauschbaren Menschen beim Rumhüpfen zu schlechter Musik zugeschaut. Danach war ich nie wieder hier gewesen. Es hat sich nicht viel verändert. Nur hieß der Laden damals noch »Zweibar« und stand ein paar Meter weiter links.

Aus den Lautsprechern wummert nicht die gleiche, sondern dieselbe schlechte Musik wie auf meiner eigenen Ersti-Party vor achteinhalb Jahren: Beatsteaks, Killers, Nirvana. Und jeder weitere Liedanfang klingt wie Westerland von den Ärzten. Der DJ trägt einen Vollbart und eine große Hornbrille, hautenge Leggins-Jeans und ein rot-gelb geringeltes T-Shirt, das ihm diverse Nummern zu klein ist.

Die Frau, die mich immer noch anschreit, hat kein schönes Gesicht, deshalb trägt sie ein weit ausgeschnittenes Top[18]. Man sieht die Spitzen ihres BHs, der ihre Brüste nach oben drückt.

Dann fängt ein neues Lied an, dessen Anfang wie Westerland von den Ärzten klingt. Die Frau quietscht kurz und hüpft in Richtung Tanzfläche davon. Dabei wackelt der Inhalt ihres Dekolletés witzig auf und ab. Das geringelte Kabel, das die riesigen Kopfhörer des DJs mit seinem schwarzen Retro-Macbook verbindet, wackelt auch witzig auf und ab, während er zu dem

---

18   Besagte Schminkspiegel-an-den-Kopf-Stelle. Meine Mitbewohnerin trug ein weit ausgeschnittenes Top.

Lied, das doch nicht Westerland von den Ärzten ist, unrhythmisch mit seinen blau-grün-lila-farbenen Nike-Sneakers wippt. Ich verachte ihn mit jedem der 120 Beats pro Minute mehr. Er nippt an seiner Melonenbrause.

In meiner Vorstellung gehe ich zu ihm und schütte mein Beck's über sein schwarzes Retro-Macbook. Ich lache kurz und überlege, es wirklich zu tun, schließlich soll ich ein bisschen mehr aus mir herausgehen.

Ich tue es nicht.

Stattdessen gehe ich aus dem Gebäude heraus. Ich schnorre eine Zigarette und Feuer von einem beliebigen Typen, den ich damit davon abbringe, der beliebigen Frau, die ihm gegenübersteht, den Mund auszuschlecken, die, wie mir nun auffällt, die Frau mit dem unschönen Gesicht ist, die mich eben zu den Beatsteaks vollgeschrien hatte. Er erzählt ihr etwas, das sie scheinbar lustig findet, denn sie lacht und wiederholt seine letzten Worte.

Ihre Lache ist so schön wie ihr Gesicht.

Bis meine Zigarette ihren Zweck erfüllt hat und der Rauch nicht mehr in Lunge und Augen brennt, wiederholt sich dieses Schauspiel diverse Male. Er erzählt ihr irgendetwas, sie lacht und wiederholt seine letzten Worte.

Mir ist schlecht.

Jetzt flüstert er ihr etwas ins Ohr, zückt sein Portemonnaie und zieht etwas in einer silbrig schimmernden, quadratischen Verpackung hervor. Sie lächelt, flüstert etwas zurück und zieht ihn an seiner Hand fort.

Ich lache laut auf. Kondom im Münzfach des Portemonnaies – das ist kein Verhütungsmittel, das ist ein Babygutschein. In Gedanken reise ich in die Zukunft der Frau und höre ihre Stimme: »Neeein mein Kleiner, du warst nicht ungewollt, du warst nur ungeplant! Und jetzt schlaf schön, während Mami tanzen geht, und wünsch ihr Glück, dass sie heute Abend einen neuen Papi für dich findet!«

Mit einem Lächeln auf den Lippen öffne ich die Tür, um wieder hineinzugehen. Aus dem dumpfen Gepolter, das nach außen gedrungen ist, wird tatsächlich Westerland von den Ärzten. Betrunkene und Idioten grölen den Text mit. Sie scheinen bewusst auf das Treffen von Tönen zu verzichten.

Ich hole mir an der Theke noch ein Beck's. Als ich am DJ-Pult vorbeikomme, werde ich unpraktischerweise angerempelt und mein Bier-Arm schnellt so ungeschickt in die Höhe, dass sich ein großer Schwall Beck's über die Tastatur des schwarzen Retro-Macbooks ergießt. Der leuchtende Apfel auf der Rückseite des Displays und die Musik erlöschen zeitgleich. Die betrunkenen Idioten singen weiter Westerland von den Ärzten.

Ich genieße die Aufregung und freue mich, dass ich Spaß mit Menschen habe.

Es dämmert bereits, als ich den Heimweg antrete. Ich laufe mittig auf der unbefahrenen Hauptstraße, die ich nur mit ein paar Krähen teilen muss.

Zu Hause im Badezimmer nehme ich die abgenutzte Zahnbürste, die nicht meine eigene ist, sich aber an meine eigene anschmiegt, aus dem Becher. Ich betrachte sie lange. Dann stelle ich sie zurück.

Hätte Georg Büchner heute gelebt und hieße
Marvin Ruppert, würde sich »Woyzeck« in etwa
wie folgt lesen. Wie Büchners Version ist meine in
Fragmente unterteilt, im Gegensatz zu Büchners
Version weiß man allerdings deren intendierte
Reihenfolge (weil ich noch lebe und die Geschich-
te vor meinem Tod entdeckt wurde). Sie sind im
Folgenden umgekehrt aufgeführt, weil so aus der
entstandenen düsteren, traurigen Liebesgeschichte
zur Abwechslung mal eine glückliche wird.

Woyzeck

Fragment 8/8

Ich sitze in Unterwäsche von vor ein paar Tagen in der
Küche und trinke Schnaps aus einer Kaffeetasse. Die
Tasse trägt die Aufschrift »Liebe ist ...«. Es dauert eine
ganze Weile, bis ich merke, dass kalter Schnaps nicht
heiß ist und ich deshalb vor dem Trinken nicht pusten
muss. Vor mir steht schon wieder ein Teller heiße Erbsensuppe, den Andi hingestellt hat, damit ich was esse.

»Du musst endlich aufhören, dich so gehen zu lassen«, sagt Andi.

»Was meinst du?«, frage ich, und greife mir mit
der Hand ein paar Erbsen aus der Suppe. Er deutet
auf meine Unterwäsche. »Da hängt ein Stück Sack
raus«, sagt er.

Ich nehme noch einen Schluck Schnaps aus meiner Kaffeetasse. Das Spülbecken ist voll mit meinem

Geschirr der letzten Woche. Ich finde, Andi muss spülen, weil er heute gekocht hat.

Fragment 7/8
Ich schaue Marie hinterher und sehe, wie sie sich nicht noch einmal umdreht. Selbst eine Stunde gegenseitiges Anschreien in der Oberstadt hat die Beziehung nicht mehr retten können. Der Mond steht rot am Himmel und es ist kalt. Meine Platzwunde pocht und ich muss furchterregend aussehen. Ich brauche einen Kaffee. Oder einen Schnaps. Oder beides.

Fragment 6/8
»Boah du Arschloch«, ruft Marie. Wir spielen Mario Kart, was mit einer Hand wirklich schwierig ist, und ich habe sie mit einem geflügelten blauen Schildkrötenpanzer abgeschossen.

»Du, ich bin ja nicht eifersüchtig«, sage ich, »aber ich finde nicht gut, dass du mit dem Schlagzeuger geschlafen hast.«

»Was!?«

»Also ich bin ja echt nicht eifersüchtig«, sage ich, »aber ich weiß, dass es stimmt, ich hab dein Handy gehackt und deine Kommunikation mit ihm überwacht und euch vom Fenster aus gefilmt, als du bei ihm warst.«

»Bist du vollkommen durchgeknallt!?«

»Ach, komm schon, mal ehrlich, wer noch nie aus
Eifersucht jemandem ein bisschen nachspioniert hat,
werfe den ersten – aua, wo hast du den Stein auf einmal her!?«

Ich blute aus der linken Schläfe, während Marie
wutentbrannt den Controller hinwirft und den Raum
verlässt. Ich fahre das Rennen noch schnell zu Ende.
Dann laufe ich ihr hinterher, ich werde sie nicht so einfach gehen lassen.

Fragment 5/8

»Du musst Schnaps trinken!«, sagt dieser Typ neben
mir an meinem Küchentisch. Dieser Typ heißt Andi
und ist mein Mitbewohner und bester Freund. Er hat
sich mit jedem weiteren Schnaps weit weniger angestrengt, mich zu überzeugen, und ist mit jedem weiteren Schnaps weit überzeugender geworden.

»Die schläft mit dem scheiß Schlagzeuger, ich
kann's nicht beweisen, aber ich weiß es«, sage ich und
kippe den nächsten Schnaps runter. »Wir mussten dieses scheiß Pärchenspiel ja unbedingt noch spielen!«

Andi kippt auch noch einen Schnaps runter und sagt
nichts, dafür juckt mein Gipsarm und Klaus Kinski
sagt: »Stich sie tot!« Aber Klaus Kinski ist selber tot
und eigentlich gar nicht hier und in dieser Geschichte
stirbt niemand, weder Marie noch der Schlagzeuger.[19]

....

19 Was ein bisschen schade ist, weil so der folgende, großar-

114

Es klirrt und platscht ein bisschen, als Andi den Kopf in die kalte Erbsensuppe fallen lässt.

»Betrunken ist, wenn man betrunken ist!«, lallt er.

Fragment 4/8

Wir sitzen zu viert in Maries WG und machen Pärchenabend, Marie und ich und Maggy, die Maries Mitbewohnerin ist, und ein Schlagzeuger irgendeiner Indielektrock-Grungecore-Coverband, der Maries Mitbewohnerins Freund ist. Er ist ein Klischee auf zwei Beinen und ich mag ihn nicht. Er hat bunt tätowierte Unterarme: verschnörkelte Drumsticks, Flammenzungen, einen Totenkopf und einen roten Regenschirm. Ich komme mir mit meinem bemalten Gipsarm saumäßig dumm vor. Wir haben lecker Erbsensuppe gegessen und Trinkspiele gespielt und sind jetzt alle ziemlich betrunken. Ein guter Zeitpunkt, den Abend endlich enden zu lassen, denke ich mir.

»Oder«, sagt Maggy und lacht auf wie ein astronomisches Pferd, »wir trinken noch *viel mehr* und haben noch *viel mehr* Spaß!«

Später spielen wir ein *lustiges* Pärchenspiel, bei dem alle ganz ehrlich aufschreiben und dann vorlesen (Beziehungsstatus völlig ungeachtet), mit wem hier im Raum sie am liebsten schlafen würden. Maggy liest

....

tige Dialog in diesem Text nicht vorkommen wird: »*Herr Kommissar, was ist mit dem Toten?*« – »*Er wirkt erwürgt.*«

»Schlagzeuger«, Schlagzeuger liest »Maggy«, ich lese »Marie« und gucke verliebt, Marie sagt »Das Spiel ist doof«, steht auf und geht.

Fragment 3/8

Mein Gipsarm ist wundervoll bunt verziert, man sieht kaum noch weiß. Marie hat sich stundenlang Zeit genommen und eine kunstvoll verschnörkelte Schere draufgemalt, mit Flammenzungen und einem Totenkopf und einem roten Regenschirm. Weil sie sich irgendwie verantwortlich fühlt. Und überhaupt war sie unglaublich hilfreich und süß und großartig. Ich bin glücklich und verliebt, dafür würde ich mir jederzeit wieder die Hand brechen.

»Du«, sagt Marie eines Abends, als sie nackt und schön neben mir liegt. »Lass uns doch mal 'nen Pärchenabend machen, mit ... meiner Mitbewohnerin und ihrem Freund oder so?«

»Was immer du willst«, sage ich wein- und sexselig lächelnd und genieße abartig doll, dass es Marie gibt.

Fragment 2/8

Ich schaue Marie hinterher und sehe, wie sie sich noch einmal umdreht und lächelt. Dann geht sie ihres Weges und ich taumle des meinen. Ich habe jede einzelne Schnick-Schnack-Schnuck-Runde verloren. Ich habe immer Schere gemacht, sie immer Stein. Das Geheimnis ist Konstanz. Ich grinse debil und kann das erst wieder abstellen, als ich gegen eine Steinmauer laufe und mir die Schnick-Schnack-Schnuck-Hand breche. Stein zerbricht Schere.

Fragment 1/8
»Marie«, sagt Marie, die Frau mit den langen, schwarzen Haaren, die ich total faszinierend finde.

»Marvin«, sage ich.

»Du musst Schnaps trinken«, sagt Marie. Wir haben gerade mit dem einfachsten aller Trinkspiele begonnen: Schnick-Schnack-Schnuck. Das wird ihr Untergang sein, ich bin ziemlich gut in Schnick-Schnack-Schnuck. Das Geheimnis ist Konstanz.

Ich glaube, ich bin verliebt.

Schluss.

Versteckter Bonus-Text[20]

Ich sitze im Wartezimmer meines Hausarztes. Ich mag meinen Hausarzt, ich bin gerne hier, und scheinbar geht es auch anderen so, denn das Wartezimmer ist voll.

Ich bin gerne hier, denn das Wartezimmer meines Hausarztes ist ein so schöner Ort, man kann so viel erleben und man kann so wunderbar schöne Menschen kennenlernen. Da ist zum Beispiel die alte Dame mit der mobilen Gehhilfe, die immer an ihrem Hörgerät nestelt (»Ich verstehe das immer nich', wenn jemand was sagt!«), oder das Rentnerpärchen schräg gegenüber von mir, sie strickt und plappert, er flucht, beide warten, aber seit sie im Wartezimmer angekommen sind, ist noch niemand drangekommen.

»10 Euro! Nur an unser Geld wollnse! Nur an unser Geld!«

»Erich, du schwitzt ja schon wieder so, hör doch endlich mal auf zu schwitzen!«

....

20   Dieser Text ist eigentlich ein Teamtext, den ich gemeinsam mit Alex Burkhard als Team »Steffis Vorschlag« vortrage. Deswegen auch versteckt und Bonus. Wie bei CDs. Witzig.

»Diese verw...hurlosten Warensöhne! Mit meiner mickrigen Rente ...«

»Und warum muss der Türke über uns, ach was, der Türke als solches, immer mit so viel Knoblauch kochen. Sach mir das, Erich, sach mir das bitte!«

»Obwohl ich die ganze Firma allein aufgebaut habe! Alles wech!«

»Und so viele Kinder immer, da hätten wir früher 'n Orden für gekriecht!«

Erich schlägt mit der Faust auf den Tisch, wo ein türkisches Kind gerade eine Firma aus Bauklötzen aufgebaut hat, die in sich zusammenstürzt.

»Erich!«

»Mit meinen eigenen Händen!«

»Erich, dein Herz!«

Die alte Dame mit der mobilen Gehhilfe wirft ein: »Ich verstehe das immer nich', wenn jemand was sagt!« Aber keiner sagt ihr, dass niemand etwas zu ihr gesagt hat, weil sie das wohl ohnehin nicht verstehen würde und sie dann sagen würde: »Ich verstehe das immer nich', wenn jemand was sagt!« Und dann würde ihr wieder keiner sagen, dass niemand etwas zu ihr gesagt hat, weil sie das wohl ohnehin nicht verstehen würde und sie dann wieder sagen würde: »Ich verstehe das immer nich', wenn jemand was sagt!«

Eine Zeit lang bin ich einfach so zu meinem Arzt gegangen, wenn ich schöne Menschen kennenlernen

wollte, also ohne krank zu sein. Aber weil ich zu langsam bin, um spontan zu sein und zu gutherzig, um zu
lügen, und ich deshalb erst recht nicht spontan lügen
kann, hatte ich spätestens im Behandlungszimmer ein
Problem:

»Guten Tag Herr Ruppert, was führt Sie zu mir?«

»Ich, äh, habe Husten.«

»Na dann husten Sie mal!«

»Ich, äh, kann nicht.«

»Warum nicht?«

»Ich, äh, habe keinen Husten.«

»Was?«

Auch die Gegenfragen-Taktik sah in meinem Kopf besser aus als im Behandlungszimmer:

»Hallo Herr Ruppert, wie geht es Ihnen?«

»Wie geht es *Ihnen*, Herr Doktor?«

»Danke, ganz gut, aber warum sind Sie hier?«

»Die Frage ist, warum *Sie* hier sind, Herr Doktor?«

»Ich arbeite hier. Also sind Sie nun krank?«

»Sind *Sie* vielleicht krank?«

»Wollen Sie mich verarschen?«

»Wollen *Sie mich* verarschen?«

»Für so was habe ich keine Zeit, gehen Sie nach
Hause, Herr Ruppert.«

»Warum gehen *Sie* nicht nach Hause, Herr Doktor?«

Irgendwann wurde mir das zu blöd, schließlich
wollte ich im Wartezimmer schöne Dinge erleben und

schöne Menschen kennenlernen, nicht meinen Hausarzt, den kannte ich ja schon.

Das schönste ist: Auch schöne Mädchen werden krank, das heißt, das Wartezimmer ist ein schöner Ort, um schöne Mädchen kennenzulernen. Also brauchte ich einen richtigen Grund, um mich dort aufzuhalten, deshalb war ich letzte Woche mal nackt im Eisbach schwimmen, habe auf dem Heimweg die Haltestangen in der U-Bahn abgeleckt und mir heute noch eine rostige Reißzwecke ins Bein gedrückt. Und tatsächlich, mir gegenüber, direkt zwischen der alten Dame mit der mobilen Gehhilfe (»Ich verstehe das immer nich', wenn jemand was sagt!«) und der Frau des Rentnerpärchens (»Hör doch endlich mal auf zu schwitzen!«) sitzt ein wirklich schönes Mädchen, lockiges Haar, Grübchen, glänzend-glasige Augen, traumhaft-triefende Nase, wie schön, da hat man direkt was gemeinsam, denke ich mir. Sie sitzt da also, schon eine ganze Weile (seit sie im Wartezimmer angekommen ist, ist noch niemand drangekommen), und liest ein Buch von Kafka oder Sarrazin und zieht zwischendurch immer wieder die Nase hoch.

Die Rentnerpärchenfrau steht auf, »ich frach ma' den Doktor, ob der überhaupt da is', nich' wahr Erich, das tu ich ma'«, sodass neben dem schönen Mädchen plötzlich ein Platz frei ist. Ich setze mich zu ihr und mein Magen knurrt. Hatte es nicht mehr zum Bäcker geschafft heute Morgen, also kein Brot zu Hause und dann halt einfach eine Scheibe Wurst auf eine Scheibe

Käse gelegt – Wurst-Käs-Szenario. Das Magenknurren ist mir ein bisschen peinlich, aber das schöne Mädchen hat es vor lauter Schniefen und Triefen gar nicht erst mitbekommen.

Ich packe sämtliche Flirt-Skills aus:

»Hallo«, sage ich.

»Hallo«, sagt sie.

»Hallo«, sage ich.

»Hallo«, sagt sie.

Stille. Ich hätte wirklich dieses Rhetorik-Seminar besuchen sollen, von dem mir Alex neulich erzählt hat.

Wider Erwarten komme ich mit dem schönen Mädchen aber doch noch in ein gutes Gespräch, ein sehr gutes Gespräch sogar. Gemeinsam, während irgendwie immer noch niemand drankommt, lachen und schniefen wir, husten und triefen wir, schauen auf meinem Taschentelefon eine romantische Liebeskomödie mit Vampiren und uns ganz tief in die geröteten Augen, nähern unsere Münder einander und – ich huste ihr zärtlich in den Mund, gut, dass ich noch keinen Schleimlöser genommen habe, und auch sie erwidert mein Husten.

Später, bei der Mentholzigarette danach, vertraut sie mir an: »Weißt du, ich habe das noch nie jemandem verraten, aber ich bin eigentlich nur hier, weil ich schöne Menschen kennenlernen möchte.« Entgeistert schaue ich sie an, als die alte Dame mit der mobilen Gehhilfe (»Ich verstehe das immer nich', wenn jemand was sagt!«), die Rentnerpärchenfrau (»Hör auf zu schwitzen!«) und alle anderen einstimmen:

»Ich bin auch nur hier, um schöne Menschen kennenzulernen!«

»Ich mag die Gesellschaft hier so gerne!«

»Die Bilder an der Wand sind so schön.«

»Ich verstehe das immer nich', wenn jemand was sagt!«

»Hier sind die Toiletten so schön sauber«

»Hier gibt's immer so interessante Zeitungen!«

»Ich verstehe das immer nich', wenn jemand was sagt!«

»Ich habe meine Frau hier kennengelernt!«

»Die Sprechstundenhilfen sind so nett.«

»Ich verstehe das immer nich', wenn jemand was sagt!«

»Ich verstehe das immer nich', wenn jemand was sagt!«

Ich schaue mich um und erblicke auf dem Stuhl neben mir meinen Hausarzt.

»Ich mag mein Wartezimmer«, sagt er, »und eigentlich bin ich auch nur hier, um schöne Menschen kennenzulernen.«